KB272313

타향에 핀 작은 들국화

타향에 핀 작은 들국화

1판 1쇄 발행 2026년 4월 5일

지은이　김정자
그림　　김정자
발행인　이선우
펴낸곳　도서출판 선우미디어
　　　　등록 ｜ 1997. 8. 7 제305-2014-000020
　　　　02643 서울시 동대문구 장한로 12길 40, 101동 203호
　　　　☎ 2272-3351, 3352 팩스: 2272-5540
　　　　sunwoome@hanmail.net
　　　　Printed in Korea ⓒ 2026. 김정자

18,000원

ISBN 978-89-5658-817-9 03810

김정자 에세이

타향에 핀 작은 들국화

선우미디어 sunwoomedia

국화는 드러나는 꽃이 아니라
숨어있는 꽃이다
느끼는 꽃이 아니라 생각하는 꽃이다
꺾고 싶은 꽃이 아니라 그저
바라보는 꽃이다

화선지에 수채 18×28″

책머리에

수필은 어떤 형식이나 격식에 구애 받지 않으며 작자의 느낌과 감정, 사상 등을 비교적 잘 드러나는 문학 장르이다. 그래서 독자가 시나 소설보다 더 편안하고 직접적인 감동을 받을 수 있다.

'수필은 자유로운 마음의 산책, 즉 불규칙하고 조화가 잡힌 작문이 아니다'라고 말하는 어느 작가의 글을 읽은 적이 있다.

나는 화가이기 전에 어릴 때부터 책 읽기를 좋아했고, 훌륭한 작가들의 책에서 많은 감동과 교훈을 받으면서 살아왔다.

글 쓰는 재주는 없지만 간간이 짧은 글을 써보고 싶어졌다. 그런데 글 쓰는 일이 그림 그리는 일보다 더 어렵다는 걸 체험하면서 글 쓰기를 중단하기도 했다.

금아 피천득 선생님의 수필을 읽는 중에 '수필은 마음의 산책이다. 이 마음의 여유가 없어 수필을 못 쓰는 것은 슬픈 일이다.'라는 구절에 크게 깨닫고 기쁨과 용기를 내어 다시 글 쓰는 데에 힘써왔다.

'마음의 산책'이니 내 발 닿는 대로 산책하는데 누가 뭐랄까.

그렇다. 그렇다면 나는 글을 쓸 수가 있다. 꾸역꾸역 생각나는 대로, 시간이 허락하는 대로 좋은 시, 소설, 수필, 명상 서적을 읽는 중에 감동이 오는 문장이나 시를 필사하였다.

내 주위에 일어나는 소소한 일상, 살아오면서 만난 소중한 인연들, 시인, 화가, 여러 친구의 이야기 등, 내 마음이 엮어내는 대로 한 자 한 자 적어서 글문을 엮어 펴내게 되었다.

또 나의 예술에 관한 글도 써보니 기쁘고 행복하기에 그동안 나의 작품을 소장하고 계시는 많은 분들, 나의 벗, 학교 동문 선후배, 가족에게 감사하는 마음을 담아 이 책을 드리고 싶다.

2026년 새봄

김정자

아, 조용한 아침!
허공이 다가가 야자수 잎을 흔들어 놓고,
다른 잎들도, 꽃잎도
제 스스로 흔들리며 깨어나고 있습니다.
이런 신비한 광경을 이 아침에 바라보고 있자니
마악 행복해지려고 합니다.
　－본문 중에서

추천의 글

영지 김정자 화백의 생활과 여든 평생의 삶이 녹아 있는 수필집의 발간을 축하 드립니다.

태어나 어린 시절을 보내신 대구에서부터 대학 시절을 보낸 서울에서 겪은 인상 깊었던 여러 일화들, 그리고 성인이 되어 미국으로 이주하신 후 화가로서의 뜻을 되살리시어 매진하시는 틈틈이 적어 놓으신 여러 가지 만남의 이야기들과 수시로 떠오르는 갖가지 감상이 잘 녹아 있는 글모음입니다.

그리고 김 화백께서는 독서에도 게을리하지 않으시어 여러 시인과 뮤인들의 좋은 글구절을 메모하고 나름으로의 느낌과 현실에서의 인연을 연결해 놓으신 솜씨가 자연스러우면서도 빼어나 보이며, 평범한 듯하면서도 비범합니다.

여생의 건강과 건필, 그림과 글 둘다 좋은 작품 많이 남기시길 바랍니다.

이원익 법사 드림

차례

3. 나에게 행복이란

4. 나는 어디에서 살았고, 무엇을 위해 살았는가

화선지에 수채 24×18″

1.

사막에 집을 짓다

사막으로 이사를 하다

짊어진 삶의 무게가 가벼워지면서, 그리도 꿈꾸던 한적한 곳, 숨어 살기에 홀로 살기에 좋은 이 사막 도시로 이사를 했다. 아무도 모르는 곳에서 나그네 되어 살고 싶은 꿈.

타고르의 '멀리 숨어 살면 깊고도 아름다운 꿈을 꾸며 살 수 있다.'라는 말이 이리도 긴 시간이 흐른 지금에야 이루어지고 있음이 마냥 가슴 설레고 행복하기 그지없다.

산그림자에 엎어져 실컷 울어도 좋은 어느 고독한 시인의 그런 산은 아니지만, 드넓게 펼쳐져 있는 모래언덕 너머 길고도 누런 모래 산이 끝 간데없이 이어져 있는 이곳에 작은 집을 지었다. 그리고 지금 고독을 안고 살기에 족한 하루하루를 보내고 있다.

지금은 여름철. 사막에 드리운 태양이 대지를 후끈 달구고 있지만, 밤이 되면 맑은 바람 코발트 블루의 짙은 밤하늘에 달과 별이 유난히 반짝인다. 그래서 조금은 덜 외롭고 더욱 이곳을 사랑하게 된다.

세상사엔 원래부터 관심이 없는 내가 시간과 환경에 구애받지 않고, 묵묵히 넓고 포근한 사막의 품에 길들어지는 데에는 시간이 좀 걸리겠지만 깊은 잠 속으로 들었다가 깨어난 아침의 맑고 상쾌한 기운이 하루의 시작에 큰 힘을 주어 행복하다.

나를 아껴 주는 주위 사람들이 궁금해서 제일 많이 묻는 말들이다.

"왜 이리 먼 데서 살고 있는가? "

"외롭지 않은가?"

"사막의 더위를 어떻게 견디며 살 것인가?"

나는 아무런 회한도, 유혹도, 미움도 없는 혼자서, 혼자만의 세계에서 그토록 사랑하는 나의 고독을 더 철저하게 길들이며 살고파서, 라면 웃음거리가 될까.

사막에서(1)

이곳의 여름은 말 그대로 화씨 100도를 넘나드는 용광로 안 같다. 후끈거리는 태양열로 온 자연이 타들어 가고 사람은 현기증이 나고 몸속 내장까지 다 태워질 것처럼 뜨겁다. 서울에 갔을 때 찜질방에서 마포 떼기 거적을 두르고 용광로 속에 들었던 그 화끈함에 비할 바가 아니다.

자동차를 바깥 주차장에 잠시 세워 놓고 상점에 들러 필요한 물품 몇 가지를 구입하고, 다시 자동차로 돌아오는 불과 10여 분만에도 차 안의 열기는 핸들을 잡을 수 없도록 뜨겁다. 이곳에 이사 온 몇 달 동안은 너무 당황스럽고 가뜩이나 더위를 많이 타는 내가 정말 잘 적응할 수 있을지 두렵기도 했다. 이곳에서 여름 나기가 북극의 혹한을 견디는 것과 비교한다는 것이 가능하지야 않겠지만, 혹한의 겨울을 잘 견디면 따스하고 아름다운 봄, 여름을 맞이할 수 있듯, 역으로 이곳에서의 혹서의 여름을 무사히 넘기고 나면 시원한 가을 바람과 맑은 햇살을 동반한 가을을 맞이하고 포근한 겨울이 다가온다.

가을 산들바람이 온 뜨락에, 거리에, 산과 들에 내려앉으면 이곳 사람들은 비로소 활기를 되찾고 운동을 시작한다. 이곳의 여름은 6개월쯤 지속되지만 겨울은 따뜻하여 화씨 80도를 오르내리고 있어서 몹시 추운 겨울을 보내야 하는 미국 동부지방과 캐나다 쪽에서 겨울을 피해 이곳으로 휴양하러 온다는 것을 알았다.

이 뜨거운 여름을 잘 견뎌내고 초월하여 아름답고 따뜻한 겨울을 공으로 즐길 수 있음을 알아가기엔 나는 아직은 좀 시간과 인내가 필요한 것 같다.

사막에서(2)

'하늘이 활짝 열리며 불을 뽑는 더위의 고통을 겪어야 청명하고 아름다운 가을을 맞이할 수 있음과 같지 않을까…'

이곳에서의 처음 두 달은 현기증이 나서 외출은커녕, 뒤뜰에도 나가보지 못했다. 일 년 중 6개월이 뜨겁고 긴 여름이라니 아직 적응되지 않지만 내가 할 수 있는 일들을 찾아보기로 했다. 이 낯선 고장에서 살아야만 하고 살 수밖에 없기 때문이다.

초여름 계절이 막 시작할 무렵 이 사막으로 옮겨 왔으니, 처음부터 이 장난 아닌 무더위를 감당할 수밖에 없었다. 꼼짝없이 방안에 갇혀 지내면서 에어컨과 천정에 설치해 둔 선풍기를 적당한 온도에 맞추어 놓으면 그나마 숨을 쉴 수 있었다. 그래도 창밖엔 푸르디푸른 하늘과 맑은 공기가 사막의 바람이 야자수 잎을 흔들어 대고 있는 정경에 마음을 줄 수 있는 것이 조금은 위안이 되지만 찬란한 태양은 방안에서 바라볼 수 있을 뿐 창문을 열면 열기가 얼굴을 확 지지는 것처럼 뜨겁다.

하루빨리 적응해서 내 새 삶을 시작하고픈 마음만이 앞서고 있
다.

위의 카뮈의 말처럼…. 그래서 아름다운 가을을 맞이해야지….

사막에서(3)

더위를 핑계로 내 소중한 시간을 그냥 흐르게 할 수는 없다.

남은 생애가 그리 많지 않다는 것이 마음이 끄달려 부지런 떨며 현재의 위치를 정리해야겠다.

이 집을 지을 때 다행히 서재를 먼저 꾸며 놓았기에 책들을 정리하고, 화실로 쓸 공간이 생겨 이젤과 그림 도구를 풀어 놓는 등 정돈해 놓으니 한결 마음이 가벼워졌다.

외출이 어려우니 방안에 갇혀 책을 읽고, 음악을 들으며 그림 작업을 시작하면서 더위가 지나갈 때쯤엔 몸과 마음이 안정을 찾게 될 것을 기대해 본다.

알찬 새 삶을 시작해야지.

더욱 나를 사랑하며 살아야지.

어디까지나 일방적인 것 어떤 고통이 와도 잠잠히 가라앉혀야만 한다. 삶의 무게가 고통에서 자유롭게 해 주는 말 한마디 그것은 사랑이다. -소포클레스

사막에서(4)

희망찬 하루를 시작하고파, 아침 일찍 일어났습니다.

참으로 조용한 아침입니다.

이럴 땐 종일토록 창 곁에 앉아만 있다가 하루해를 보내도 좋은 것 같습니다.

가만히 창밖을 주시해 보니, 어디서 왔는지 노랑나비 한 마리가 노란 꽃에 입 맞추고, 다른 꽃으로 옮겨 앉고 있습니다.

아, 조용한 아침! 허공이 다가가 야자수 잎을 흔들어 놓고, 다른 잎들도, 꽃잎도 제 스스로 흔들리며 깨어나고 있습니다. 이런 신비한 광경을 이 아침에 바라보고 있자니 마악 행복해지려고 합니다.

차츰차츰 마음이 안정되어 가고 있고, 이 낯선 고장을 나는 어느새 사랑하며 살아가고픈 마음이 솟아오르고 있습니다.

어느새 뜨거운 태양이 하늘 높이 오르고, 활기찬 하루의 시작이 되고 있습니다.

이 건강한 아침에, 건강한 생각을 하며 살아야지….

화선지에 수채 22×28″

2.

책을 읽다

독서의 기쁨(1)

오랜만에 홀가분한 마음이 되면서 내가 읽고 싶은 책을 읽고 내가 하고 싶은 일을 하는 여유로운 시간을 갖고 싶어졌다.

가을이 무더운 여름을 밀어내려면 아직도 두어 달은 더 걸릴 것 같다. 안 그래도 무더위 탓인지, 이사를 하고 집안 정리 정돈을 하느라 몸은 아직 회복되지 않았다. 우선 편안한 의자에 앉아 독서부터 하기로 했다.

조용히 음악을 흐르게 해 놓고 책장에서 눈에 띄는 책을 골랐다. 동화작가 안데르센의 자서전, 작년에 사놓고 아직 읽지 못하고 미루어 온 터에 마침 이 무더위에 갇혀 읽는 데는 안성맞춤이다.

1, 2, 3부로 나누어 엮은 장장 877페이지다. 작가의 인생 이야기가 한데 묶여 있는 그의 자서전을 호기심과 벅찬 기대를 안고, 첫날부터 밤이 깊도록 읽어 나갔다.

안데르센은 몹시 가난한 구두 수선공의 아들이었고 비참할 정도로 불우한 환경에서 자랐다. 그런 환경을 극복하고, 그렇듯 아름다운 이야기를 쓸 수 있었다니 놀랍다. 그러나 그는 역경이야말로 자기 삶의 원동력이 되었다고 한다.

　"내 인생 이야기는 아주 멋진 이야기이다. 그 어떤 착한 요정이 나를 지켜주고 안내했다 하더라도 지금보다 더 좋은 삶을 살지는 못했을 것이다."

　"시인은 새와 같다."

　"시인은 자기가 가진 것을 아낌없이 주려고 노래 부른다."

　자연이 주는 즐거움과 숲의 고독과 전원생활의 즐거움 안에 완전히 나를 놓아 버렸다. 자연풍광에 흠뻑 젖어 생활하고 있다.

　숲으로 둘러싸인 조용한 호수의 둑에 앉아 있기도 했고, 연초록 풀들이 싱그러운 목초지를 걷기도 했다.

　내가 주변에서 그리고 내 안에서 오로지 자연만이 내가 청하는 대로 아름다운 노래를 불렀다. (자서전 중에서 발췌)

강인한 한 인간의 삶의 환희를 보여주고 싶다는 그는 결코 고향에는 가지 않겠다고 했다.

　그곳의 사람들은 옛적 일을 들추어내고, 그때 그 아이가, 그 집의 누군가…. 칭찬과 환대는커녕 질투와 약점만을 들춘다.

　그는 비평가를 향하여 '학식을 자랑하며 알아듣지 못하는 얘기를 빠르게 지껄여대는 무미건조한 비평가. 알아보기 힘든 낱말들

을 열거하는 비평가.'라고 했다. 작가는 그 누구보다도 자신의 작
품에 대해서 더 잘 알고 있음이다.

'예술은 진실이다.'

'신을 향한 내 기도는 늘, 내기 누리는 행복을 놓치지 않도록 내내
힘을 달라는 것이다. 앞으로 이 행복한 느낌, 이 감정이 계속되도록 해
주소서.'

'이제부터의 내 인생, 삶, 모든 것이 다 청명한 햇살뿐이다. 마음이
편안했다. 따뜻한 햇살이 내 영혼 속으로 물결 쳐들어왔다.'

(자서전 중에서 발췌)

완전한 자유

FM에서 좋은 클래식 음악이 흘러나오면 절로 가슴이 설레고 귀 기울여 조용히 듣게 된다.

애써 음반을 갈아 끼우는 수고를 하지 않아도 계속 이어지는 음률에 흠뻑 빠져들게 되고 이럴 땐 종일 독서에 발목이 잡혀도 좋다.

감미로운 음률에 흥건히 젖어들고 가슴속에서 하이얀 들꽃들이 피어오르는 느낌마저 들게 된다.

그림방으로 들어왔다.

그래, 하루 종일 그림을 그리고 싶다.

바람도, 허공도, 살아있는 모든 생명체도 태양열에 꼼짝 못 하고 숨죽이고 있는 여름 내내 나만의 어떤 자유와 홀가분함. 자연에 순응하는 삶으로 길들어 가는 것을 자연스러운 몸으로 느낀다.

새로운 생명으로 거듭나는 것 같다. 설레는 지금 너무나 행복하다.

눈물에 대하여

이른 아침, 각종 꽃이 다투어 피어 있는 뒤뜰에 나가 꽃잎을 들여다보는 일이 습관처럼 되었다. 청순한 꽃들이 나에게 '안녕' 하며 나를 반기는 듯해 여간 기쁘지 않음을 느낀다.

문득 한용운 스님의 시가 떠 올랐다

꽃이 먼저 알아….
길가에서 이름도 모르는 꽃을 보고서
행여 근심을 잊을까 하고 앉았습니다.
꽃송이에는 아침이슬이 아직 마르지 아니한가 하였더니,
아! 아! 나의 눈물이 떨어진 줄이야
꽃이 먼저 알았습니다.

나의 꽃밭엔 이슬을 본 적이 없는데, 아마 건조한 사막 땅에 이슬이 내리지 않는지, 혹은 몰래 새벽에 내렸다가 금세 말랐을지도 모른다는 생각이 들었지만, 한 번도 이슬을 본 적이 없다. 그동안

내 슬픔의 눈물마저 말랐을지도 모른다. 이 나이까지 오면서, 눈물을 달고 살았던 내가 더 이상 울지 않기로 작정한 후, 눈물을 속으로 삼키는 지혜를 기른 까닭인지, 언젠가부터 울어 본 기억이 없다. 때때로 기쁨의 눈물이 흐르면 얼른 행복의 웃음으로 눈가림하는 술수도 험한 세상을 살아오면서 닦은 습성이 되었다.

이제는 눈물을 아주 잊은 듯 살고 있다. 구태여 슬프고 우울한 모습을 남에게 보여야 할 까닭이 없지 않겠는가. 지난 일을 들추게 되면, 눈이 퉁퉁 붓도록 울기 일쑤라서 되도록 슬픔의 근원에 가까이하려 하지 않았고, 울음이 나의 인생을 조금도 바꾸어 놓지 않았음에, 외출할 땐 얼굴에 밝은 웃음을 그리고 나간다.

지금은 주위 사람들이 나의 밝고, 명랑한 표정을 읽으며, 가장 행복한 여자로 본다. 팔자는 길들이기에 달렸다는 것일까. 시인 신석정 선생님은 그의 자서전에서 다음과 같이 말씀하셨다.

"일생을 살아오면서 실컷 울음다운 울음을 울어 본 적 없고, 웃음다운 웃음을 웃어 본 적이 없다."

이제 모든 허상 다 털어내고 울음을 울 때는 울음다운 울음을, 웃을 때는 웃음다운 웃음을 웃을 수 있는 사람이 되어야겠다고 새삼 다짐해 본다.

산

진하게 아침 커피를 끓여 큰 머그잔에 가득 담고 정말 오랜만에 편안한 마음으로 아침 식탁에 앉았다. 뒤뜰의 넓은 잔디 건너편에 길게 뻗어 누운 모래 산을, 턱을 괴고 바라보고 있자니, 법정 스님의 '산'의 위의 한 구절이 떠오른다. 산은 늘 그 자리에서 변함없고, 나는 무심히 거기에 있는 산을 바라보아 왔는데, 한가롭게 앉아 그윽하게 산을 바라보고 있자니, 산은 금방이라도 내 온몸을 감싸안을 듯 창밖에 가까이 다가와 있다.

지난겨울, 모처럼 한가로운 시간을 만들어 뒤뜰에 나가 긴 의자
에 다리를 뻗고 앉아서 해 질 무렵까지 산을 진정으로 보았던 적
이 있었다.

무덥고 긴 여름 내내 누런 모래 산이 잠자듯 누워있는 것만 보
아 오다가 그날 해가 서산으로 넘어갈 무렵 조용하던 산들이 일제
히 깨어나 태양의 일곱 색깔로 변신하는 모습에 얼마나 경이로웠
는지 모른다.

평면으로 쭉 뻗어있는 줄 알았던 산이 선명한 석양빛에 겹겹의
모습을 드러내는 게 아닌가! 제일 가까운 산 뒤에 얼굴만 내민 중
간 산, 높고 먼 뒷산들이 겹쳐 다양한 색채로 반짝이는 장관! 참
으로 신비로웠다.

태양은 이처럼 모든 사물에 생명을 불어넣고, 제빛을 발하며 살
아 숨 쉬게 만드는 힘이 있음을 새삼 경이로움으로 다가오고 그
아름다운 광채에 한참을 푹 빠져 있었다.

그 후 나는 내 앞에 펼쳐져 있는 산이 그저 잠자는 산이 아니고
화려하게 변신하는 살아 있음을, 힘찬 기운을 인간에게 쏟아부어
주고 있었다는 걸 깨닫고 이 산을 매우 사랑하게 되었다.

얼마 전 친구 몇 명이 우연히 내 집에 들러 점심을 함께 하였다.
그리고 뒤뜰에 나가서 환담을 나누었는데 한 친구가 정오의 모래
산을 바라보면서 "저 산은 누렇게 꼼짝하지 않고 죽어있네."라고

했다.

나는 피식 웃음을 참으며 "아무도 모를 거야. 저 산의 비밀을…" 하고 속으로 중얼거렸다. 하기야 인생살이를 그렁저렁 살고 있는 사람들의 시선에는 자연의 신비로운 비밀을 어찌 알겠는가? 알려고나 하겠는가?

어느 날 스님 세 분을 정말 뜻밖에 모시게 되었다. 한 스님께서 먼 모래 산을 한참 바라보시더니 "거대한 사자가 길게 쭉 뻗고 누워 편안한 잠을 자는 것 같다."라고 하셨다. 그러고 보니 누우런 빛깔 하며 완만한 산의 곡선이 고르게 흐르고 있는 게 거대한 사자의 등 줄기 같아 놀라워하며 공감했다.

그러나 산은 산이다. 그리고 살아 숨 쉬는 정겨운 산이다. 내게는 산의 속사정 신비로운 비밀을 알고 난 후부터는 나만이 즐기고 있다. 이 모래산 사막에서 사는 나는 자연이 주는 즐거움에 흠뻑 빠져들며 차츰 이 사막을 사랑하게 되고 적응을 잘하고 있다.

오늘, 지금 내 마음이 한가롭다. 평화로운 아침에 눈을 지그시 뜨고 새삼 내가 산을 본다.

화선지에 수채 28×22″

독서의 기쁨(2)

　책 속에는 어떻게 살아야 할지, 삶을 값있게 사는 길과 방법, 여러 가지 교훈과 마음 닦음 등 모든 게 다 들어 있다. 망망하고 막연할 때는 책에서 그 길을 찾을 수 있다는 말에 공감하면서 열심히 책 읽는 데 힘쓰게 된다.

　"책을 읽지 않는 사람은 한 번의 인생을 살지만 읽는 사람은 여러 번의 인생을 산다."라고 했다. 나는 사막의 무더운 여름이 시작되면, 방안에 갇혀 먼지 덮인 책들을 꺼내 읽는다. 내 독서는 체계화되어 있지는 않으나 책 읽는 것을 무척 좋아한다.

　청소년 때의 다독에서 조금 벗어나서 중년에는 문학전집을, 노년에 하는 독서는 같은 책에서라도 또 다른 깊은 작가의 사유를 느끼게 된다. 그래서 문학도서는 일생을 통해 세 번은 읽어야 한다는 의미를 알게 되었다. 그래서 더 많은 시간을 독서에 할애하고, 그림은 틈틈이 그리게 된다. 한번 책을 붙들면 침식을 잊는 때가 종종 있다.

　수많은 작가가 어찌나 훌륭한 글을 써내고 또 책으로 출간하는

지…, 감히 화가들의 고충에 비할 수 없겠다는 감탄을 하게 된다. 작가가 몇 달, 또는 몇 해 동안 쓴 글을 좀 미안한 일이지만 하룻밤, 하룻낮으로 읽어버릴 때가 있다. 책을 놓고 싶지 않게 만드는 명작들… 정말, 글 속에 담긴 작가가 독자에게 전하고자 하는 메시지와 어떤 삶의 지혜, 삶의 의문에 빠진 이들에게 어떤 해결책과 지고한 이미지들이 담겨 있으니 피가 되고 살이 되는 것이다.

읽는 내내 감탄하게 되고 깊이깊이 가슴에 품고 살아갈 수 있게 이끌어주고 있는 작가들께 존경을 마지않는다. 깊이 감사를 드리고 싶다. 그토록 생명은 아름다운 것이요. 그토록 생명은 고귀한 것이요.

화선지에 수채 18×24″

3

나에게 행복이란

나에게 행복이란(1)

혼자 살면서 아무렇게나 두서없이, 질서 없이 사는 것은 인간답게 잘 사는 것이 아니다. 인간답게 산다는 것은 자신을 사랑하고, 또 남에게 관심을 두고 사랑을 보내는 것으로 생각한다. 자신을 사랑하지 않는 사람은 남도 사랑할 수가 없다는 것을 일찍이 알고 있었다.

자신을 사랑하고 충실함으로써 인간다운 모습을 가꾸는 것이다. 인간은 사회적 존재라고 했다. 우리는 모두 사회 속에서 삶의 의미는 물론, 행복도, 불행도 주어지는 것이다. 사회생활을 하면서 선한 관계를 맺는 사람들은 행복을 느끼고, 그렇지 못한 사람은 자신과 사회에 고통과 불행을 더 하게 된다.

-잡기장에 메모해 둔 글 중에서

나에게 주어진 재능과 가능성을 유감없이 최선을 다하는 삶이 나의 행복이고, 성공적으로 가는 길이라고 생각하며 살아왔다. 그렇다. 사랑을 빼면 아무것도 없다. 끝까지 좋은 작품을 만들어 한 번이라도 더 친구, 친지들에게 기쁨을 주고 싶은 것도 다 사랑에서 나온다.

　맛있는 음식을 만들어 벗과 이웃, 식구에게 대접하고 싶은 것 또한 사랑이다. 힘닿는 데까지 이웃을 돕는 것 또한 내 삶의 일부분이다. 특히 나는 나를 사랑한다.

　모든 것에서부터 감사하는 마음이 나를 사랑하게 만든다. 건강한 몸을 주신 분께 감사하고, 남에게 관심을 그리고 마음을 다해 이해와 보시하고 싶은 마음을 주신 것에 감사하고, 불행한 이웃과 마음을 나누며 흘릴 눈물을 주신 것에 감사하고, 특히 나를 건강하게 키워 주신 부모님께 감사한다.

　그렇게 단련된 깊은 사랑으로 내 가족, 가정을 사랑하며 끝까지 책임지고 헌신하며 살아오는 동안 나는 정말 행복했고, 사랑하기 위해 태어났고 사랑하기 위해 살아왔노라고 말할 것이다. 다시 말해 사랑이 있었기에 누구보다도 행복한 삶이 나를 존재하게 했다.

　모든 사람은 인생의 끝이 오기 전에 후회 없는 삶을 찾아야 한다. 사랑이 없으면 아무런 가치 없는 인생이 되지만 사랑이 있는 삶은 행복을 안겨주는 인생이 되는 것이다. 또한 아름다운 감정을 늘 지니고 산다면 삶이 윤택하게 되고, 아름답고 행복을 더해 준다고 믿는다.

토끼의 헌신(獻身)

불심을 내세워

여우와 원숭이와 토끼가

제석천왕을 찾아갔다.

어느 정도인지 확인하기 위해

넌지시 배가 고프다고 하니

여우는 작은 짐승들을 잡아 오고

원숭이는 달콤한 과일을 따 왔는데

토끼는 마른나무를 한 아름 들고 왔다.

그리고 모닥불을 피우고서 활활 타오르자

불 속에 껑충 뛰어들며

잘 익거든 맛있게 잡수시라고 했다.

소신공양의 정신을 길이길이 우러러 보게 하기 위해

지금도 달 속에서 떡방아를 찧고 있음은 여전히

중생들에게 베풀기 위함이다.

-소부경전(小部經典) 현자(賢者)의 소신공양에서 발췌

"이번 여행에서 새로운 사막의 세계를 보았고, 토끼의 '소신공양' 같은 실상화(나의 불명) 님의 불심도 보아왔습니다. 멋이 있으시고, 너그러우며 깊은 마음을 가지신 보살이요, 화백이며, 지성을 갖춘 여성으로 보았습니다. 후의에 감사합니다."

위의 글은 캘리포니아를 거쳐 애리조나, 세도나로 가는 여행 길에서 내가 살고 있는 팜스프링 사막 도시에 한 이틀 쉬고 가신 스님 일행이 감사의 편지로 '소신공양'과 함께 좀 과찬의 글을 보내신 것이다.

'소신공양'의 정신은 나의 어머님으로부터 물려받은 것 같다.

6·25사변 당시, 서울의 시민들이 남쪽으로 피난 내려올 때 더러는 부산까지 내려갔지만, 대구(내 고향)에 짐을 풀고 정착한 피난민들에게 어머님은 텃밭을 다 메우시고 몇 가족에게 삶의 터전을 열어 주셨다.

이들 중에는 운수업(택시, 트럭)을 하려고 우리 집 마당을 사용하였다. 기억에 생생히 남아 있는 것은 어머님이 이분들을 김 주사님, 이 주사님, 안 주사님 하며 부르셨고 때마다 된장과 고추장, 김치 등반찬을 여분으로 더 만들어서 이분들을 지성으로 도와주셨고, 무엇이든 힘닿는 데까지 보살펴 주셨다.

서울이 수복되어 그들도 서울집으로 모두 돌아가게 되었다.

몇 년 후 내가 서울대학교 미술대학에 입학하게 되어 서울에서 생활할 때 그들은 나를 초대해서 맛있는 저녁도 대접받고 나의 어머님 은혜와 사랑, 보시는 절대로 잊을 수 없다고 감사의 말을 꼭 전해 달라고 당부했었다.

어머님은 불심이 매우 깊으셔서 보시하는 삶을 우리에게 일깨워 주셨다.

6·25전쟁 전후 우리가 모두 삶에 시달릴 때 사찰에도 형편이 어려워 많은 스님이 탁발하러 다니셨다. 어머님은 쌀 한 가마니(그때는 짚으로 된 가마니에 쌀을 저장했다)를 헐 때면 제일 먼저 공양미 봉투에 쌀을 담아, 뒤주 안 한 구석에 보관해 두었다가 탁발 스님이 오시면 시주하셨다.

어린아이 때 나는 동네 아이들과 길에서 놀다가도 스님 목탁 소리가 길 어귀에서 들려오면 얼른 달려가 스님께 합장하고 우리 집으로 모셔 와서 뒤주 안의 공양미를 전하곤 했다. 가끔 대구 근처 김천시에 있는 비구니 절에서 스님이 오시면, 우리 집에 모시고 와 침식을 제공하고 절로 돌아가실 때는 간장, 된장, 쌀을 걸망에 가득 넣어 주시던 어머님의 기억이 생생하다.

어머님의 보시하는 삶은 나의 삶으로 옮겨온 것 같다.

사랑과 정성으로 이웃과 함께 살고프다.

화선지에 수채 30×24″

고독에 대하여

고독할 줄 모르는 사람은 수행자가 될 수 없다고 했던가.

수행하는 그 자체가 한없이 고독함 그 자체라고 한다. 철학자 김형석 교수님은 "작가, 화가, 모든 예술 하는 사람은 고독해야 한다. 그래야 좋은 생각을 할 수 있고, 좋은 글, 좋은 작품이 생겨난다."라고 늘 말씀하셨다.

뼛속까지 스며드는 고독의 절감함 없이는 예술의 경지를 진정으로 느끼고 또한 도달할 수 없다는 뜻일 것이다. 마음과 정신을 맑은 고독으로 씻은 후에 아름다움을 보는 눈이 밝아진다고 한다. 나는 늘 고독 속에서 나를 길들이며 살려고 노력했다. 소녀 시절부터 유난히 고독을 좋아했다고 본다.

고독 속에서 삶의 깊이와 무게를 헤아려보게 되었고, 또한 모름지기 예술을 하는 이는 모든 환경에서 자유로워야 한다.

깊이 있는 생각에 잠기고 싶고 나의 내면을 진정으로 들여다보고 싶었다. 지금도 나는 늘 새로운 기쁨으로 하루를 살고 그림에 열중하고 싶다.

능금처럼 항상 볼이 빨갛던 그 가시내로 영영 살고 싶고, 기쁨과
희망을 안고 하루하루를 노래하며 새롭게 시작하고도 싶다.

마음으로 먹는 밥
―음식에 대하여

나는 무척 건강하고, 모든 음식을 골고루 잘 먹습니다.

입에서 밀어내고 싶은 음식도 잘 먹고, 또한 음식에 대한 감사는 잊지 않고 기도합니다.

아무리 맛이 없는 음식도 그나마 없어서 굶고 있는 세상 모든 중생을 생각하면서 감사하는 마음으로 즐겁게 먹습니다. 다른 사람이 맛이 없다고 투정을 부리며 거부하는 음식도 나는 그것이 저녁 식사이면 열심히 먹습니다. 배가 고파 밤에 잠 못 자는 경우를 생각하기 때문입니다.

아주 오래전 친구 몇 명과 콜로라도 덴버로 이사한 친구 집을 찾아갔을 때입니다. 저녁이 되어 이왕이면 우리 교민이 운영하는 식당을 이용하자고 마음을 맞춰 유일한 한인 식당에 갔었습니다. 한식·중식·양식을 다 겸해서 하는 음식점에서 우리는 한식을 주문했는데 밥은 설익고, 주문한 음식과 반찬이 어찌나 맛이 없는지 일행은 몇 숟갈 뜨다가 말았지만, 나는 내 몫의 음식을 남김없이 다 먹었습니다. 친구가 나중에 숙소로 돌아와서 잠자리에 들면서 나를 보고 "너는 어떻게 그 맛없는 음식을 다 먹을 수 있었니?"
하며 놀라워했지요.
"음식은 맛으로 먹는 것이 아니고, 배를 채우기 위해서 먹는다."
라고 하신 예전 큰스님 말씀이 생각났습니다.
맛을 보지 말고 마음으로 먹으면 감사하게 됩니다.

시냇가 오막살이에

홀로 한가롭게 사네

달은 희고 바람 맑아 흥이 절로 나니

외부 손님 오지 않고

멧새들만 지저귀니

대숲에서 자리 옮겨 누운 채 글을 읽네

　　-길재 <한가롭게 사네>

손님이 아닌 주인이 되다

어디를 가도 손님이 아닌 주인이 되세요

절이나, 성당, 교회에 갔을 때

내가 손님이라고 생각하면 할 일이 하나도 없지만

내가 주인이라고 생각하면 휴지라도 줍게 됩니다.

회사에서도 마찬가지이고, 어디에서라도 마찬가지입니다.

　-혜민 스님

나는 여행을 좋아하지 않는다.

나의 내면세계 속에는 내 마음조차 더듬어 보지 않은 황무지가 아직 많이 남아 있는데 바깥세상을 둘러보면서 아까운 시간을 낭비하고 싶지 않기 때문이다.

결국은 아무 감흥 없이 빈 마음으로 피로에 지쳐 돌아오기 일쑤이다. 내 집에 돌아와 가방을 정리하고 다시 제자리로 옮겨놓는 시간도 낭비가 된다.

하지만 오랫동안 못 만나던 친구네 집에 가서 잠시 머무르는 것은 무방하리라 여겨져서 길을 떠났다.

십여 년 전 뉴욕을 거쳐 기차로 시라쿠스에 사는 어릴 적 친구를 찾았다. 남편이 시라쿠스 의과대학 교수인 친구네는 몇 에이커나 되는 넓은 뜰을 가진 전원도시에서 살고 있었다. 그 친구와는 어릴 때부터 한동네에서 살았고 초등학교 중·고등학교, 대학교까지 같은 학교에 다녔던 유일한 친구다.

친구와 약 25년 만에 만남이 이루어졌다. 넓은 뒷마당엔 온갖 채소가(부추·호박·고추 등) 가득히 자라고 있었고, 앞뜰도 한없이 넓고, 온갖 꽃들이 나무들과 어울려 아름답게 가꾸어져 있었다.

좀 떨어진 곳에 그 유명한 나이아가라 폭포가 있어 구경하러 가자고 하길래 즉석에서 거절했다. 친구는 이곳에 오랜 세월 살면서 방문객이 왔을 때마다 몇 번이고 갔을 거란 생각을 했기 때문이다. 나는 마릴린 먼로가 주연한 영화에서 다 봤다고 했다. 대신 꽃향기 만발한 앞뜰 정원에 앉아 그리웠던 정을 나누며 밀린 이야기로 시간을 보내고 있었다.

친구의 남편이 학교에서 퇴근하여 집으로 오셨다. 내 얘기를 이미 전해 들은 그가 나를 반갑게 맞이해 주었고 시골 동네라 마땅한 음식점이 없지만, 좀 떨어진 곳에 중국 음식점이 있으니 그곳에 가서 저녁을 먹자고 했다.

나는 또 그의 제안을 거절했다. 텃밭에서 뜯어둔 부추와 호박, 파를 재료로 장터국수를 해 먹자고 하니 친구의 남편이 얼마나 좋아했는지 모른다. 친구와 부엌에서 국수를 삶고 호박, 부추를 살짝 데쳐 양념해 놓고, 달걀 환자, 노른자로 지단을 부쳐 가늘게 썰어 국수에 색깔 맞추어 얹고 양념장을 곁들여 식탁에 상차림해 놓았다. 오랜만에 모국의 음식을 대한 친구 남편은 너무나 기뻐하며 별미라고 즐겨 먹었다.

이렇게 하면 시간도 절약되고 청결한 집 음식이 언제나 으뜸인 것을…. 나는 누구의 집에 가든지 그 가정의 부엌에서 손님이 아닌 주인이 되어 음식 만드는 것을 좋아하고 한번 먹는 끼니에 성의와 정성으로 보답하는 것을 즐긴다.

서울에 미술 개인전 관계로 갔을 때, 나는 호텔보다 친구 집에 머무는 것을 좋아했다. 그 집 부엌에서 내 솜씨를 자랑하며 맛있는 저녁 식사를 별미로 만들어 대접하고 한두 끼라도 친구의 수고를 덜어주고 싶기도 해서이다. 내 전문 음식 사골곰탕 재료를 사다가 끓여 주면 식당 음식보다 느끼하지 않고 담백하여 너무 맛있다면서 친구와 그의 남편이 행복해 했다.

그 후 친구 남편이 가끔 전화로 "언제 또 서울에 오시느냐?"라면서 그 곰탕이 그립다고 해서 행복한 웃음을 나누기도 했다.

손님으로 가면 서로가 첫날은 괜찮지만, 얼마간 있으면 서로 불

편해지고 부담이 가지만 주인으로 머물면 편안하고, 언제나 환영
받는 손님이 된다는 것을 나는 잘 알고 있다.

친구는 무를 많이 넣고 빨갛게 졸인 갈치조림을 가장 좋아했다.
지금 그 친구가 너무 그립다. 참으로 오랜만에 행복한 시간을 보
낸 것이 생생히 떠오른다.

사막에서(5)

맑은 날이다. 어느 순간 바람이 세차게 불고 서서히 하늘에 검은 구름이 낮게 내려앉더니 이내 마른번개와 천둥이 허공을 치고 있다.

비는 내리지 않고 5월의 마지막 날이니 겨울철 우기는 벌써 지났고 이제 곧 여름이 본격적으로 다가온다. 이글거리는 태양 아래 꼼짝없이 사막의 변덕스러운 열기를 속수무책으로 받아들여야 한다. 살아있는 모든 생명체 그리고 구름과 허공조차도 숨죽이고 잔인한 더위를 감내할 준비를 단단히 해야 한다.

지난가을, 겨울이 다시 올 것을 확실히 믿으며 이른 아침에는 아직도 선선한 바람이 일고 부지런 떨면 걷는 운동도 할 수 있어 일찍 일어나는 습관을 길렀다.

낮 더위에 시든 나뭇잎과 꽃잎이 세찬 바람에 떨어져 흩날리는 앞뜰과 집 앞 거리를 빗자루로 쓸고 물로 깨끗이 청소하기로 했다. 모래바람이 실어다 준 모래 무덤도 쓸어내고, 열대 식물들도 돌보아 주고 유리창에 낀 모래도 물로 깨끗이 씻어내니 상큼하게 주위가 잘 정리되어 마음이 가벼워졌다.

무더위를 핑계로 정원에조차 나오지 않고 게으름을 피워 오다가 내 집안이 깨끗해지니 양쪽으로 자리한 이웃집 앞 거리가 마음에 걸렸다. 이왕 나선 김에 서둘러 이웃집 앞도 깨끗하게 청소했더니 해가 중천으로 떠 있고 내 몸이 땀으로 흠뻑 젖어 있다.

집 안으로 들어와 샤워하고, 아침 식탁에 앉아 늦은 아침을 먹으면서 한 생각이 떠올랐다. 육체의 큰 기쁨 중의 하나가 노동에서 오고, 노동은 육체의 건강을 위해서 없어서는 안 될 필요조건이라는 생각이다. 또한 육체노동 후의 휴식이 가장 큰 기쁨 중의 하나라고 한다면 나는 지금 가장 행복을 누리며 오늘 하루가 기쁘게 잘 보내게 될 것 같다. 노동이랄 것도 없는 작은 일에 기쁨을 느끼고 있는 나 자신이 지금 부끄럽기도 하다. 쉬지 않고 꾸준히 이웃을 위해 무엇을 할 수 있을까를 생각하고 산다면 삶 자체가 기쁨이니 영속적으로 이어가길 결심해 본다.

내 집 오른쪽에 사는 89세 'Betty'는 지금 병중에 있다.

화선지에 수채 24×28″

사막에서(6)

　세월은 빨라 어느덧 달아 놓은 창밖으로 뜨거운 여름이 지나고 있다. 하늘에는 흰 뭉게구름이 초가을 기운에 멀리 모래 산 너머로 퍼져가고, 진정 가을은 약속한 것처럼 또 오고 있다. 세계에서 가장 아름답고 따뜻한 겨울 계절이 이곳에 찾아오면 추운 지방에서 사람들이 겨울을 나기 위해 또 몰려온다.

　작년 겨울엔 동부에서 살고 있는 한 지인이 서울에서 온 친구와 내 집에 두 주일 묵어간 적이 있었다.

　열탕 같은 긴 여름에 갇혀 있다가 해방되는 기쁨은 여기 사는 사람 외엔 아무도 모를 것이다.

　올겨울에도 예정된 손님은 없지만 그들을 맞을 준비를 해야만 한다. 뜻밖에 서울에서 나의 귀한 손님이 오고 싶다는 기별을 보내왔다. 평생 도움만 받고 갚을 기회가 없었던 참에 부인과 함께 올 것이라는 데 너무 반갑고 미리 설레었다. '일일여삼추'란 말 그대로 시간이 더디 가는 것만 같았다. 평상시대로 여기엔 한국 식품점이 없으므로 LA에 있는 한국 마켓(두 시간 거리)에 가서 자반고

등어(안동산), 콩나물, 육개장, 황태 콩나물에 들어가는 각종 채소를 구입하고, 몇 가지는 냉동실에 얼려 놓아야 한다. 아침 식단은 황태 콩나물국을 주로 하는데 사골국물을 쓰면 담백하고 구수한 맛을 낸다.

자신 있게 만드는 떡만둣국도 미리 만두를 빚어 냉장해 놓고 양지머리를 삶아 잘게 찢어 양념에 무쳐 고명으로 올려놓고 짙푸른 대파에다 실고추를 섞어 국 그릇에 담아 내놓으면 보기 좋은 떡이 먹기도 좋다는 말 그대로 손님들이 맛있게 잘 먹는다.

때론 삶이 지루할 때 음식을 만들어 이웃과 먼 곳 손님을 청하여 나누어 먹으면서, 오순도순 이야기꽃을 피우다 보면 삶이 다시 새록새록 재미가 나고 이럴 때 매우 행복하다.

'당신이 주신 생명, 때로는 힘겨워도 우리는 살아야 합니다.'

죽음과 절망, 불안 이 모두를 삶의 축복으로 순간순간 승화시키며 살아가야 한다는 말뜻을 깊이 새겨 보게 된다.

하늘이 주신 생명의 뜻을, 진리를 우리는 가끔 잊고 힘들다고 넋두리할 때가 있다.

열심히 살아가야지.

사막에서(7)

약속대로 내 고국 서울에서 내 손님이 아름다운 부인을 동반하고 왔다.

나보다 여덟 살이 아래인 그 부인은 마음이 착해 보이는 인상이었고, 우리는 서로 처음이 아닌 친구처럼 마음을 터놓게 되었다. 나는 지성으로 그들에게 한국 음식을 끼니마다 대접하면서 즐겁게 지냈다. 부인 건강의 이유로 추운 겨울을 피해 따뜻한 이곳으로 왔다면서 이곳 날씨를 좋아하면서 금방 적응했다. 아침, 저녁으로 산책하러 나가고 곳곳에 있는 야자수와 사막 도시를 흥미있게 관광하며, 건강이 많이 회복되어 서울로 돌아갔다.

그 후로 나와 두 자매가 서울에 갔을 때, 이들 부부는 우리에게 몇백 배 더 많은 애정과 사랑을 베풀어 주어 황송하게도 더 많은 빚을 지게 된 셈이 되었다. 수십 년 만에 명동거리도 걷고 그 유명한 추억어린 명동칼국수를 맛있게 먹은 감동은 영영 잊을 수가 없다. 그 후 나는 부인에게 감사 편지를 보냈고 여러 번 사랑을 담은 안부 편지도 보냈다.

나는 두 분에게 편지를 쓰면서 어떤 명칭이 좋을지 몰라 그들의 아들 이름을 빌려 '일주 어머님께'라고 시작했다.

지금 생각하니 그 두 분은 내 생애 최고의 손님으로 오신 것이다.

가장 훌륭한 시는 아직 씌어지지 않았다.

가장 아름다운 노래는 아직 불려지지 않았다.

최고의 날들은 아직 살지 않은 날들

가장 넓은 바다는 아직 항해되지 않았고

가장 먼 여행은 아직 끝나지 않았다.

불멸의 춤은 아직 추어지지 않았으며 가장 빛나는 별은 아직 발견되지 않았으며 무엇을 해야 할지 더 이상 알 수 없을 때 그때 비로소 진정한 무엇인가를 할 수 있다.

어느 길로 가야 할지 더 이상 알 수 없을 때 그때가 비로소 진정한 여행의 시작이다.

　　-시인 나짐 히크메트

최고의 손님은 아직 맞이하지 않았다.

지금 나에게 딱 한 가지 현재 이루어진 것이 있다면 '최고의 손님을 이미 맞이했다는 것이다.'

[편지 글]

일주 어머님께

한 주일을 딸네 집에서 보내고 지금 막 내 집으로 돌아왔습니다. 편지를 자주 올리려고 마음먹었지만 어정대다 늦어졌습니다. 그간도 잘 지내고 계시리라 믿습니다.

한국 뉴스를, TV를 통해서 보니 서울 날씨가 벌써 쌀쌀한 초겨울로 접어들었다고 하네요. 몹시 걱정됩니다. 추운 날씨에 건강을 해치지나 않으실까, 마음이 쓰입니다.

이곳은 겨울인데도 화씨 80°를 넘나드는 따뜻한 햇살 푸른 잔디 위에 내려앉고 있는데 지난날처럼 이곳으로 휴양을 오시면 얼마나 좋을까 희망해 봅니다. 푸른 풀밭에서 골프도 치면서 함께 보냈던 즐거운 시간이 생각납니다. 나 또한 단풍으로 물든 정겨운 서울의 거리 거리가 그리워지기도 합니다.

한번 인연에 관하여 얘기하고 싶습니다.

각박하고 항상 위험에 놓여 있는 우리들의 삶에서 정이 그리워 옷깃만 스쳐도 인연이라며, 온갖 정을 헤프게 쏟아내는 우리 민족입니다. 하지만 우리 사이의 인연은 시절 인연으로 좀 더 짙은 애정과 믿음으로 맺어졌으면 합니다. 두 손을 잡고 때론 팔짱을 끼고 소녀처럼 서울 거리를 걸었던 기억을 떠올려 봅니다.

따뜻하고 한없이 넓은 마음을 가진 일주 어머님께 푹 젖어 들었던 정이 진정으로 느껴지고 있습니다.

지금은 그저 맑고 푸른 초겨울 하늘을 올려다보며 두고 온 정을 그리워하고 있습니다. 부디 건강하신 몸으로 우리 다시 만나기를 빌어 봅니다. 깊은 사랑을 또한 보냅니다.

김정자 드림

사막에서(8)

우리 집 남쪽 북쪽

다 봄물이다.

갈매기 날마다 떼지어 울뿐

꽃잎 덮인 길 쓴 적이 없더니

그대를 맞으러 싸리문을 열었네.

찬거리 사기에는

장이 너무 멀어

가난한 내 집에는 탁주가 있을 뿐

울타리 너머

옆집 늙은이도 오라고 할까.

　　　－ 두보 <손님(客)>

두보(712~776): 중국 당대의 최고시인

낯선 고장에서 조용히 숨어 살고픈데 문득 그리고 가끔 사람이 그리울 때가 있다. 지금은 여름이 막 끝나고 9월 말, 굳게 닫아 둔 창문을 활짝 열어젖히고 선선한 초가을 기운을 가슴 가득 마신다. 너무나 밝고 맑은 햇살이 풀밭 위에 내려앉고, 나뭇잎은 더없이 푸르고 하늘도 티끌 하나 없이 푸르다. 바람마저 향기롭게 코끝을 스치면 나도 모르게 마음의 평정을 잃곤 한다.

친구들, 보기만 해도 마음이 훈훈해지는 그리운 얼굴들, 우리 동문 선후배님을 생각하면 그림을 그리거나 책을 읽거나 음악을 듣는 그 어떤 일보다 내 가슴이 따뜻해진다.

더위가 완전히 물러갈 때는 11월 초쯤 그리운 이들을 모두 불러서 뒤뜰에 조촐한 저녁 식사를 준비해 놓고 모여 앉아 정다운 고향 말로 밤새도록 크게 떠들며 놀고 싶어졌다. 고향 음식 하면 제일 으뜸인 소고기국밥, 미리 삶아둔 양지머리 육수에 큼직하게 썬 무와 대파를 길게 잘라 넣고 마른 토란 줄기를 물에 푹 무르게 담갔다가 함께 넣어 끓이면 식감 좋은 경상도식 소고깃국이 된다.

된장찌개는 물론, 잘 절은 염장 도미를 바싹하게 구워 놓으면 금상첨화, 내 그림 작품을 온 집안 벽에 장식해 준 고마운 후배와 착하고 예쁜 부인도 꼭 초대해야지. 토란 넣은 소고기국밥은 미국 와서 처음 먹어본다고 감탄하면서 먹던 몇 해 전 일이 기억된다. 금쪽같은 내 친구는 생선 아가미 속까지 뜯어 먹는 미식가, 그애는 꼭 와야 한다. 마침, 후배가 소식을 전해왔다. 한국에서 온 동기 동창 부부와 함께 오고 싶다고….

법정 스님께서 '그리운 사람을 만나지 못하고, 그리워만 한다면 생활에 그늘이 생긴다.'라고 하셨다.

화선지에 수채 28×20″

4

나는 어디에서 살았고, 무엇을 위해 살았는가

나는 어디에 살았고, 무엇을 위해 살았는가

헨리 데이빗 소로우(HENRY DAVID THOREAU, 1817~1862)는 『월든』의 작가로 널리 알려져 있다. 그는 매사추세츠 콩코드에서 태어나 하버드대학을 졸업한 영재였지만, 부귀영화를 탐하지 않고 고향으로 돌아가 글을 쓰면서 조용히 농촌 생활을 즐기며, 측량일이나 목수 일로 생계를 유지하며 살았다. 그러나 뜻한 바 있어 월든 호수가 있는 숲속으로(28세) 도끼 한 자루를 들고 들어가 손수 오두막집을 지었다. 근처에 텃밭을 가꾸며 월든 호수에서 고기잡이하며 자연과 더불어 삶의 정수만을 대면하고 삶이 가르쳐 주는 바를 배우고 그리하여 마침내 죽음을 맞이했을 때 "내가 진정으로 살았구나" 하는 느낌이 들고 싶어졌다. 삶은 그처럼 소중한 것이다. 그리고 그는 삶의 골수까지 빨아내는 방법을 터득하고 영혼적으로 새롭게 태어났다는 것이다.

삶의 정수만을 살아야 한다는 것이다. 간소하게 살아야 한다는 것을 거듭 강조한 『월든』을 읽고, 나도 지금까지 최대한 실천에 옮겨보려고 노력하며 살아왔다.

한 10여 년 전 우연히 보스턴에 갈 기회가 생겨 며칠을 머물면서 그곳에서 '소로우'가 살았던 오두막집을 찾게 되었다. 원래 목수 일로 생계를 이었다는 솜씨로 지은 오두막집은 겨우 세 사람이 들어가면 꽉 차는 좁은 공간에 벽난로와 바로 옆에 작은 침대 하나(물론 자신이 만든 것) 의자 하나가 입구에 놓여 있고, 오두막집 전체는 통나무를 베어 지은 그야말로 통나무집이었다.

매사추세츠는 미국 동부에서도 가장 눈이 많이 내리고 추운 지방이다. 벽난로 하나로 매서운 추위를 최소한으로 막는다 쳐도 그가 통나무 한 겹으로 지은 집, 그것도 영하 몇십 도로 내려가는 한겨울에 그가 얼마나 고생했을까 하는 생각이 앞섰다.

정오의 햇살이 강하게 내린 월든 호수는 은빛 물결로 잔잔하고 눈이 부신데 소로우가 그 호수에서 목욕하고 고기를 잡는 장면을 160년 거슬러 올라가 영상으로 떠올리며 오후 내내 호숫가에 앉아서 깊은 생각에 잠겨 들었었다.

법정 스님은 서너 번이나 소로우의 이 오두막집을 찾았다고 했다. 그로부터 몇 년 후 나도 다시 한번 이곳을 찾았다. 그 오두막집보다는 소로우의 영혼과 함께 그 부근 숲속을 거닐면서 여유로운 시간을 가졌고 월든 호숫가에 앉아 맑은 햇살을 얼굴에 받으며, 내 내면의 세계를 진정으로 들여다보았다. 나도 소로우처럼 혼자 살았으면 어느 한적한 시골에 묻혀 꿈꾸던 자유로운 삶의 정수만을 살았을지도 모른다는 생각을 떠올려 보았다.

소로우는 2년 2개월 만의 호반 생활을 끝내고 에머슨의 저택에서 관리인으로 잠시 살았는데 혹한의 겨울을 월든에서 지내는 동안 독감을 앓다가 기관지염이 악화해서 고향으로 돌아갔지만 결국 폐결핵으로 죽음을 맞이했다.(내가 앞서 잠깐 염려한 그 혹한의 월든을 그는 견디지 못한 것이다.)

그의 나이 45세, 그의 죽음을 지켜본 주위 사람들은 "그처럼 행복한 죽음을 본 적이 없다."라고 말했다고 하고, 그의 임종을 지켜본 누님은 "행복한 죽음으로 얼굴이 그지없이 평온하였다."라고 전했단다.

그는 월든 호수를 정말 사랑했다고 한다.

월든 호수는 지상의 커다란 수정이며 빛의 호수다. 이 호수는 너무 순수하므로 그 가치를 측정할 수 없다. 이 호수는 너무 우리들의 인생보다 얼마나 더 아름다우며, 우리들의 인격보다 얼마나 투명한가.

『월든』의 본문 중에 몇 곳만 추려 옮겨보려 한다.

당신의 인생이 아무리 비천하더라도 그것을 똑바로 맞이해서 살아나가라. 그것을 피한다든가 욕하지 마라. 그것은 당신 자신만큼 나쁘지 않다. 당신이 부유할 때 당신의 삶은 가장 빈곤하게 보인다. 흠을 잡는 사람은 천국에서도 흠을 잡을 것이다.

당신의 인생이 빈곤하더라도 그것을 사랑하라. 당신이 비록 구빈원의 신세를 지고 있더라도 그곳에서 유쾌하고, 고무적이며, 멋진 시간을 가질 수 있다. 지는 해는 부자의 주택이나 마찬가지로 양로원의 창에도 밝게 비친다. 봄이 오면 양로원의 문 앞의 눈도 역시 녹는다. 인생을 차분하게 바라보는 사람은 그런 곳에서 살더라도 마치 궁전에 사는 것처럼 만족한 마음과 유쾌한 생각을 가질 수 있을 것이다.

-고독-

대체로 내가 사는 곳은 대초원만큼이나 적적하다.

여기는 뉴잉글랜드이면서도 아시아나 아프리카 같은 기분이 든다. 말하자면 나는 혼자만의 해와 달과 별들을 가지고 있으며, 혼자만의 작은 세상을 가지고 있는 셈이다. 밤에는 길손이 내 집 옆을 지나거나 문을 두드리는 적이 한 번도 없었는데 마치 내가 이 세상 최초의 인간이거나 마지막 인간이기라도 한 것 같다. 사람들은 늘 나에게 이런 말을 하곤 한다.

"그곳에선 무척 외롭겠군요, 특히 눈이나 비가 오는 날이나 밤 같은 때는 이웃이 그립지 않습니까?"

그런 사람들에게 나는 이렇게 대답해 주고 싶다.

"우리가 살고 있는 지구 전체가 우주의 한 점에 불과합니다. 저 별의 폭은 인간이 만든 기계로는 측정할 수 없는데 저 별에 살고 있는 가장 멀리 떨어진 두 사람의 거리가 얼마큼 된다고 생각하시오? 어째서 내가 외롭게 느끼리라고 생각하죠? 우리의 지구는 은하수 안에 있다는 것을 알지 못합니까?

댁이 나에게 하는 질문은 핵심을 찌른 질문이 아닙니다. 사람을 그의 등급으로부터 분리해 그를 고독하게 만드는 공간은 어떤 종류의 공간이라고 생각하십니까?

아무리 발을 부지런히 놀려도 두 사람의 마음이 가까워지지 않는다는 것을 이제 나는 압니다.

사람은 그 무엇에 가장 가까이 살고 싶어 한다고 생각하십니까? 많은 사람 가운데는 분명 아닐 것입니다.

기차역이나 우체국, 공회당, 학교, 잡화점 술집같이 사람들이 많이 모여드는 곳은 아닐 것이요. 물가에 서 있는 버드나무가 물 쪽으로 뿌리를 뻗듯, 우리의 온갖 경험에 비추어 보아 생명이 분출되어 나오는 영원한 생명의 원천이라고 생각하는 곳에 가까이 살기를 원할 것이요. 사람마다 본성에 따라 다르겠지만 현명한 사람이라면 반드시 그곳에 지하 저장실을 팔 것이요.

–『월든』의 본문 중 일부

인생은 짝사랑이에요

내 인생의 길잡이가 되어 주신 서울의 김 여사님이 늘 하시는 말씀이다.

〈아프게 짝사랑하라〉는 장영희(영문학 박사) 씨의 글을 읽고 노트북에 써 두었던 글을 옮겨본다.

짝사랑이란 삶에 대한 강력한 참여의 한 형태이다. 충만한 삶에는 참여의식이 필요하고 거기에는 환희뿐만 아니라 고통, 역시 수반하게 마련이다.

우리의 삶에 있어서 다른 모든 일들처럼 사랑도 연습이 필요하다. 그리고 짝사랑이야말로 성숙의 첩경이고, 사랑 연습의 으뜸이다.

학문의 길도 어쩌면 외롭고 고달픈 짝사랑의 길이다

안타깝게도 두드리며 파헤쳐도 대답 없는 벽 앞에서 끝없는 좌절감을 느끼지만, 그래도 포기하지 않고 끝까지 나아가는 자만이 마침내 그 벽을 허물고 좀 더 넓은 세계로 나갈 수 있는 승리자가 된다.

그러므로 젊은이들이여 당당하고 열정적으로 짝사랑하라. 사랑에

익숙지 않은 옹색한 마음이나 사랑으로 통달한 게으른 마음들을 마음껏 비우고, 동정하며 열심히 사랑하라. 눈앞에 연연하여 남의 눈에 들기 위해 자신을 버리는 사랑의 거지가 되지 말라.

원한다고 다 이루어지는 것도 아니고, 잡힐 듯하면서도 잡히지 않는 결국은 짝사랑 같은 인생, 그래도 최선을 다하는 삶에서 이루어지는 승리감.

끝까지 포기하지 않는 정신으로 도달할 수 있는 진리의 삶이야말로 신의 뜻이 거기에 있다고 본다.

슬픈 이별
-언니와의 이별을 생각하며

책장을 정리하다 오래 묵은 노트북이 눈에 띄어 열어보니 시인 황동규의 시가 적혀 있었다.

그 누가 말했던가. 시인은 언어의 마술사라고 기막힌 언어 구사에 감동하곤 한다.

> 여기저기서 어린 날
> 우리와 놀아주던 돌들이
> 얼굴을 가리고 박혀 있다
> 사랑한다. 사랑한다
> -황동규 <조그만 사랑의 노래> 일부

특히 "어린 날 우리와 놀아주던 돌들이 얼굴을 가리고 박혀 있다."에 꼬불꼬불 줄까지 그은 시를 다시 접하고 보니, 십수 년 전의 슬픈 이별의 기억이 새삼 내 가슴을 아프게 했다.

지병을 오랫동안 앓고 있던 둘째 언니가 끝내 이별을 고하려고 한다고, 언니를 간호하며 함께 사는 언니의 딸이 기별했다. 가슴을 쓸어내리며 휘청거리는 다리를 끌고 캘리포니아에 가깝게 사는 두 자매와 셋이 급히 비행기를 타고 갔다(미국 동부 워싱턴에 살고 있음).

언니는 낯선 고장, 낯선 병원에서 하얀 시트를 덮고 눈을 감은 채 누워있었다.

동부의 날씨는 초겨울 싸늘했고, 어제를 동여맨 한 생이 오늘도 내일도 아닌 어제의 한 가닥 남은 숨을 거의 끝내가고 있었다.

그때 나는 높은 빌딩 5층 병실의 한쪽 창 곁에 앉아 이마를 차가운 유리창에 대고 바깥 하늘을 쳐다보고 있었다. 마침내 잔뜩 흐려졌던 하늘에서 흰 눈발이 찬 바람에 흩날리기 시작했다. 싸늘한 몸속으로 참았던 눈물이 뜨겁게 흘러들었고, 나는 그때 황동규 시인의 시를 떠 올리고 있었다. 성긴 눈송이가 땅 어디에도 내려앉지 못하고, 눈 뜨고 떨며 빌딩 사이를 떠다니는 것을 젖은 눈으로 바라보고 있었다.

그 후 여러 해가 바뀌었다. 그 낯선 병실에서 언니와 이별한 슬픔이 다시금 가슴 저리도록 떠올랐고 그때의 성긴 눈발이 지금 내 시야에 어른거리는 듯해 새삼 눈시울이 젖어 왔다.

울지 않는 새

이른 저녁 식사를 마치고 산책하려고 마악 집을 나서는데 느닷없이 전화가 왔다. 받고 보니 서울에서 사는 지인이다.

지금은 초겨울이다. 2년 전 이맘때 겨울을 함께 보내려는 친구들이 내 집에 들러 사나흘 지냈는데 서울에 사는 친구들이다.

어제저녁 그때 그 친구들과 골프를 치고나서 저녁 식사 겸 술자리로 이어졌는데 화제가 '울지 않는 새'에 관해 이야기하다가 나의 생각이 궁금해서 전화했다고 했다.

나는 대답하기 전에 먼저 친구들의 대화 내용을 물었다.

본래 울지 못하는 새, 울고 싶지 않은 새, 울음을 잊은 새 등이 있다. 오랫동안 새장에 갇혀 자유롭게 날 수 없는 새는 울음까지도 잊어버렸을지 모른다.

얼핏 시인 피천득 선생님이 쓰신 수필에서 울지 않는 새에 대한 글이 떠올랐다. 울지 않던 새도 같은 종류의 새소리를 들으면 제 울음을 운다는 내용이었다. 울음을 다시 배워서 하는 노래가 아니라 작은 가슴에 뭉쳐 있던 분노와 갈망의 토로였을 것이다. 조

롱 속의 새가 오랫동안 갇혀 있으면서 안일하게 사는 동안 자유
를 망각하고 본연의 날갯짓도 울음도 잊어버리고 있다는   슬픔.
그러나 울지 않는 새도 같은 종류의 새소리를 들으면 제 울음을
운다는 것이다.

"억장이 무너진 새"라고 얼른 대답하고 전화를 끊었다. 창살 없
는 감옥에 갇혀 살아오는 동안 자유도 본래의 날갯짓도 못 하고,
분노와 슬픔의 세월을 사는 동안 가슴에 피멍이 들도록 울부짖은
가슴으로는 울지도 죽지도 못했을 것이다. 어찌 울 수가 있을까?
어떤 노래를 따라 부를 수 있을까?

나는 한때 그런 새였다. 슬픔과 아픔이 극에 달하면 소리가 없
어진다고 했다. 같은 종류의 새소리를 들어도 따라 울 수조차 없
었을 것이다.

"피멍이 든 가슴으로는…."

"피멍이 든 새"라고 계속 중얼거리며 산책을 그만두고 캄캄해진
초저녁 하늘을 올려다보며 한참을 서 있다가 집 안으로 들어왔다.

저 새는 날지 않고, 울지도 않고

내내 움직일 줄 모른다

상처가 매우 깊은 모양이다

저 새는 그저 아프기만 한 모양이다.
　　-시인 천상병

왜 새는 운다고 할까? 새가 노래한다기보다 새가 운다고 한다.
슬픔과 외로운 아픈 가슴을 가졌으리라.

화선지에 수채 30×22″

새해 각오

새해가 돌아오면 언제나 그렇듯 이루지 못할 새해 각오를 또 하게 된다. 온갖 계획과 다짐하지만 채 한 달이 가기 전에 무산되곤 한다. 그래도 새해란 말이 주는 설렘은 어쩔 수 없이 빈 맹세를 한다.

사노라면 힘든 일이 많지만, 분명한 것은 밝은 표정을 짓고 사람들과 좋은 관계를 맺는 일이며, 좋은 책을 많이 읽고 좋은 생각을 많이 하고 사람을 사랑하는 일에 노력하고픈 결심은 해마다 변함없는 마음가짐이다. 좋은 그림을 그리는 데 게을리하지 않겠다는 각오, 더더욱 굳게 결심한다. 이제 올봄이 내가 맞이하는 마지막 봄이 될지 모른다는 생각이 들면 촌각도 허송할 수가 없기 때문이다.

새해가 시작되면 언제나 읽는 시(詩)가 있다.

새해 첫날 아침
우리는 잠시 많은 것을 덮어두고

푸근하고 편안한 말씀만을
나누어야 하는데
아직은 걱정스러운 일들을
함께 나누고 있습니다.

올해도 새해 첫날 아침
절망과 용기에 대해
이야기하였습니다.
　　-도종환 <새해 아침> 중 일부

언제 떠날지 모를 이 세상의 것들을 눈에 가득 채우며 즐겁게
살다 떠나야겠다는 이번 새해 각오가 유난히 내 마음을 착잡하게
만들고 또한 설레게 한다.

인생이란

우리는 모두 산꼭대기에 살고 싶어 하지만

행복은 그 산에 올라갈 때라는 것

그런데 왜 우리는 이 모든 진리를, 삶을 다 살고

나서야 깨닫게 되는 것일까.

살아온 길을 되돌아보면 너무나 쉽고 간단한데

진정한 삶은 늘 해답이 뻔한데

왜 우리는 그렇게 복잡하고 힘들게 살아가는 것일까?

젊은 날, 아주 오래된 일이다. 모국에서 모 대하 교수와 졸업반 학생 몇몇이 미국으로 수학여행을 왔다. 그들이 제일 먼저 LA에 들렀고, 꼭 가고 싶은 곳이 디즈니랜드였는데 내가 마침 그 일행을 안내하는 행운을 가졌다. 관람하는 곳곳마다 긴 줄이 늘어있어서 기다리는 동안 간간이 학생들이 교수에게 갖은 질문을 하고 교수의 답변이 오고 갔다. 그때 한 학생이 교수에게 다음과 같은 질문을 했다.

“인생이란 무엇입니까?”

“삶을 어떻게 사는 것이 옳고 성공한 삶이 될까요?”

그 학생의 질문에 교수님의 대답이다.

“밤 12시에 공동묘지에 가면 이 무덤, 저 무덤에서 껄, 껄, 껄….

하는 소리가 시끄러운데 모두 후회하는 것뿐이란다.”

“그것이 인생이라는 것이다.”

“이럴걸, 저럴걸, 좀 더 잘할걸, 좀 더 사랑해 줄 걸, 껄, 껄.

참회하며, 사랑하며, 용서하며

수백 번 변하며, 고쳐가며 죽어 갑니다.

-중광스님 <인생이란> 중 일부

학교

만일 누가 내게 한 십 년이나 이십 년쯤 젊어지고 싶지 않으냐고 묻는다면, 그것처럼 솔깃한 말은 없겠지만, 아마도 나는 고개를 저을 것이다. 왜냐하면 그 젊은 나이에 또 학교에 다녀야 하기 때문이다. 학교라면 내 청춘 열 번을 다시 돌려준다 해도 싫었다.

-공지영

나는 이 작가의 글을 읽고 혼자 깔깔깔 대며 소리 내어 한참 웃었다. 어쩌면 나와 똑같은 생각을 할 수 있느냐 말이다. 나는 학교 다닐 때 특히 시험공부 하는 것이 제일 싫어 얼른 어른이 되고 싶었고, 꼬박꼬박 학교에 시간 맞춰 등교하지 않아도 되고, 시험공부 하지 않아도 되고 지금 내가 어른이 되고 상노인이 되었어도 다시 젊은 시절로 되돌아가고 싶은 마음은 꿈에도 없다. 사람들은 어른이 되면 이런 시간 구속, 마음 구속에서 자유로워질 테니까.

사람들은 말한다. 다시 젊음을 되찾는다면 이것도 해보고, 저것도 해보고, 하려고 했던 것을 하지 못했으니 새로이 다시 해보고 싶다는 등등을.

다시 젊음을 되찾는다면 구체적으로 하고 싶었던 일, 무엇이 되고 싶다는 등은 꿈에도 없고, 생각조차 하기 싫을뿐더러 추호도 그럴 마음이 없기 때문이다. 살아오는 동안, 매 순간순간 최선을 다해 살았고 신이 주신 생명을 소중히 여기며, 자연 속에 덤으로 주신 재능을 지금껏 열심히 힘쓰며 여기까지 왔는데 지금의 현재가 더 중요하고, 건강하게 늙어 가고 있으니 더 무엇을 바라겠는가.

지금, 어른이 되어 꿈에도 그리던 자유, 평온, 고독을 길들이며 자연 속에 호흡하며, 허공 속에 묻혀 종일 푸른 하늘을 올려다보며 즐기고 있다. 그런 지금 무엇 때문에 젊은 시절로 돌아가 시간 속에 얽매이는 삶을 되풀이하고 싶겠는가.

시험 때마다 공부는 하지 않고, 그 추운 겨울밤 12시에 마당에 서서 달님께 언 손을 호호 불며 시험 잘 치게 해 달라고 빌던 그때를 생각하면 웃음이 나고 지금도 달님을 올려다보기가 부끄러울 지경이다.

나는 지금이 참 좋다. 파란만장한 세월을 거치는 동안 삶이 계획한 대로 이루어지지 않는다는 것을….

그런데 다시 젊음으로 돌아가면 또, 다른 어떤 역경이 닥칠지 알 수 없는 것이 인생이니까.

사막에서 독서의 기쁨(3)

무덥고 긴 여름에 갇혀 외출을 자제하다가 오랜만에, 정말 오랜만에 LA에 있는 한인이 경영하는 서점에 갔다. 신간 서적을 찾아보고 있는데 서점 주인이 추천하는 장영희 교수가 쓴『문학의 숲을 거닐다』를 구입하고 한달음에 설레는 마음을 안고 집으로 돌아왔다.

그가 쓴 책은 내 서재에 여러 권 꽂혀 있다.

나는 그의 글을, 그의 생애를 무척 좋아하고 있다. 어려운 고비를 힘들게 넘기면서 끝까지 열정을 다한 삶을 말한다. 저녁밥 먹기도 전에 책을 읽기 시작했다. 세계적인 문호들이 쓴 책을 구절구절 해석하고 그 작가들이 추구하고 독자들에게 전달하고자 하는 핵심을 궁극적인 목적에 집중해서 잘 설명하고 해석해 주었다. 이러한 글을 접하니 그동안 체계화되지 않은 내 독서의 수준을 끌어올려 주는 큰 힘이 되어 다시 처음부터 고전 문학을 읽어가고 싶어졌다.

『백경』『위대한 개츠비』를 몇 번 읽었지만, 다른 차원의 기대감에 읽을 생각을 하니 마음이 바빠졌다.

> 문학은 삶의 용기를, 사랑을, 인간다운 삶을 가르친다.
> 문학 속에 등장하는 인물들의 치열한 삶을 그들의 투쟁과, 그리고
> 그들의 승리를 나는 배우고 가르친다.
>   -장영희 교수의 글 중

장영희 교수를 한마디로 설명하기는 어렵다. 그에게는 영문학 박사, 번역가, 수필가, 칼럼니스트, 대학교수 등 수식어가 붙는다. 그는 어려서부터 장애인으로 살면서 온갖 고난과 험한 꼴을 당한다. ㄴ 장영희 교수의 이야기이다.

우리나라에서 신체장애에 대한 사회의식이 전혀 없었던 1970년대 초 대학에 입학하는 것조차 불가했다. 그는 초등학교, 중고등학교도 어렵게 마쳤고 대학 입학은 더 말할 것도 없이 어려웠다고 술회했다. 단지 장애인이라는 이유 하나였다. 머리 좋고 학교 성적이 우수해도 학교 측으로부터 장애인을 받아줄 수 없다며 번번이 입학이 거부되었다.

그때 우연히 서강대학교 영문과 과장이셨던 미국인 부루닉 신부님을 만나게 되었다. 그의 현실을 파악한 신부님이 이러한 상황을 너무나 의아해하며 "장애인이라고 해서 시험조차 볼 수 없고 더구

나 학교에서 입학을 거부하는 것은 이 세상 어디에도 없다."라며 크게 노하셨다. 그 신부님 덕분에 서강대학교에 무사히 입학하고 계속해서 공부할 수 있었다. 또 부르닉 신부님 추천으로 미국 뉴욕주립대학교에 갈 수 있었고, 영문학 박사 학위까지 받게 되었다.

서강대학교로 돌아와 영미문학 전공 교수이자 번역가, 수필가, 칼럼니스트, 중·고교 교과서(영어) 집필자로 왕성한 활동을 했음은 우리 모두 다 알고 사실이다.

돈과 권력만이 인간이 누릴 수 있는 우리나라의 현실에서 장애는 죄를 의미하는 사회, 특히 배움의 기회를 얻는 것은 부모님이나 그에게 너무나 힘들고 고달픈 싸움이었다. 어머니는 어릴 때부터 걷지 못하는 장애인 딸을 업어서 학교 교실에 데려다 놓고, 학교가 파할 때까지 겨울엔 추위에 떨며 밖에서 기다리다가 업고 집으로 오시곤 했다. 장애를 이유로 번번이 거절당할 때마다 포기하지 않고, 끝내 학업을 계속할 수 있었던 것은 부모님의 끊임없는 힘과 사랑 때문이다. 또 그런 악조건 속에서 만난 부르닉 신부님은 단지 스승을 넘어 '나의 은사'라고 했다. 평소에는 성품이 그지없이 온화한데 불의 앞에서는 단호하고 크게 노하시는 분이라고 했다.

장영희 교수는 자라서는 목발을 짚고 다녔다. 화창한 봄날, 여동생과 명동에 있는 옷 가게에 쇼핑하러 들어섰을 때 갑자기 점원이 뛰어와서 "오늘은 줄 돈이 없다."라고 문전박대를 했다고 한다.

몸에 편한 헐렁한 바지를 입고 티셔츠를 걸치고 목발을 짚은 모습은 누가 봐도 거지로 오인했을 것이다. 목발을 짚은 장애인은 교양, 학벌 등은 상관없이 거지 취급받는 것은 그때나 지금이나 크게 변한 게 없는 것 같다. 외형, 겉치레, 명품 가방으로 사람의 인격을 평가하는 우리나라 사람들. 그때 장영희 교수가 목에 명품 가방을 걸치고 명품 옷으로 치장하고 반짝이는 목발을 짚고 있었다면? 하는 생각을 하고 혼자 서글픈 웃음을 웃어 본다. 백화점에서조차 우는 아이의 엄마에게 그가 표적이 되었단다.

"얘야, 저 아줌마가 널 잡아갈 거야."

장영희 교수는 다시 한번 부르닉 신부님 주선으로 미국 하버드 대학에서 공부하는 기회가 생겼다. 미국은 장애인에게 아무런 차별을 하지 않는다. 걷지 못하는 장애인도 그에 합당한 직장을 가질 수 있는 혜택이 주어진다. 신축 건물을 지을 때 으레 설계도에 장애인 출구가 제대로 되어 있지 않으면 허가가 나지 않는다. 주차장도 건물의 제일 가까운 곳에 장애인 팻말을 표시해 놓고 건물 입구에는 반드시 장애인이 불편함 없이 드나들 수 있게 층계를 만들어야 한다.

장영희 교수는 유학 시절, 이 장애인의 특권을 목발의 위력으로 참으로 융숭한 대접을 받았고 교통체증이 없는 도로 위로 시원스레 운전하며 아름다운 경치와 풍부한 문화생활을 난생처음으로 즐기며 행복했다. 그래도 그는 공부를 마치고 내 나라 내 집으로 돌아갈 며칠 동안이 설렘으로 기다려졌다는 것이다. 원수 같은 내 나라, 내 핏줄이 있고, 내 뼈를 묻을 곳으로 돌아가는 마음이 벅찼다고 했다.

모국에 돌아와 서강대학교 교수직을 다시 맡아 학생들을 가르치고 에세이, 번역(소설) 등으로 바쁘게 살다가 오랜 지병으로 아까운 나이 37세에 세상을 떠났다. 마지막 에세이집『살아온 기적, 살아갈 기적』을 남겼고 많은 역서와『내 생애 단 한 번』『그러나 사랑은 남는 것』『문학의 숲을 거닐다』등의 그의 저서가 나의 서재 안 책장에 가지런히 꽂혀 있다.

니체를 읽다

삶이 고달프면 마음껏 고독의 심연으로 도피하라. 이것이 고독에 대한 니체의 흔들리지 않는 관점이었다. 고독의 가치, 조금은 더 고독해져도 좋지 않겠는가

살면서 때로는 멀리 보는 눈이 필요할 때가 있다.

친한 친구와 멀리 떨어져서 그들을 생각하면 함께 있을 때보다 훨씬 더 그립고, 아름답게 느껴진다. 이처럼 어떤 대상과 얼마쯤 거리를 두고 바라보면 많은 것들이 생각보다 훨씬 소중하고 아름답다는 것이다.

-니체 <아침놀> 중에서

오늘을 더 즐겁게 살아라. 작은 일에도 최대한 기뻐하라. 자신을 진정으로 사랑하기 위해서는 먼저 무엇인가에 온 힘을 쏟아야 한다.

고독은 인간의 타고 난 풍토, 누구나 고독을 갖고 태어난다. 이

고독을 더 사랑하라

지금, 이 순간을 열심히 살아라. 니체는 살아 있는 순간에 잘 웃고, 잘 먹고, 살아있음을 자축하기 위해 어린아이들처럼 춤을 추면서 잘 사는 것이 최고의 삶이라고 말했다 무엇보다 중요한 것은 자신의 꿈을 실천하는 일이 스스로 책임지는 자세다.

그대는 그 꿈을 책임질 수 없을 만큼 허약한가?

공기가 부족한가? 그대의 꿈 이상으로 그대의 자신인 것도 없다. 그 꿈을 실현하는 일이야말로 그대가 온 힘을 다해 이뤄내야 할 평생의 숙제다.

우연은 없다. 오직 필연일 뿐.

나는 평생을 고독하게 살았지만,
이 고독을 사랑하고 승화시킴으로써 자기 속에 진정한
행복을 쌓아 가면서 기쁘게 살 수 있었다. (영지 김정자)

'우동 한 그릇'에 대하여

섣달그믐날 '북해정'이란 작은 우동 전문점이 문을 닫으려고 할 때 아주 남루한 차림새의 세 모자(母子)가 "저 우동 한 그릇을 일인 분만 시켜도 될까요?" 하는 것으로 스토리가 시작되는데 우동집 안 주인이 "어서 오세요. 아! 물론이죠." "이리 오세요" 안 주인이 그들을 2번 테이블로 안내하고 "우동 1인분이요." 하고 소리치자, 부엌에서 세 모자를 본 주인은 재빨리 끓는 물에 우동 1.5인분을 넣었다. 세 모자는 우동 한 그릇을 나누어 맛있게 먹고 150엔을 지불하고 공손하게 인사하고 갔다.

-일본작가 쿠리 료헤의 <우동 한 그릇>에서 발췌

이 대목에서 잠시 우리나라 사람들은 그들을 어떻게 대했을까 하는 생각을 떨칠 수가 없다. 대개의 식당에서는 두 사람이 1인분만 시켜도 눈살을 찌푸리며 냉대했을 것같다. 그것도 야심한 시간, 막 문을 닫을 시간에 들어온 남루한 차림의 손님을 구박하고 문전박대 했을 것임이 눈에 선하다.

그런데 〈우동 한 그릇〉에는 식당 안주인과 주방에서 일하는 주인은 그를 반기고 오히려 1.5인분 우동을 내 온다. 그 식당에는 그 다음 해에도 문 닫을 때쯤, 같은 세 사람을 맞이하게 된다.

"우동 1인분만 시켜도 될까요?"

"아! 물론이죠." 하고 작년과 같은 2번 테이블로 안내하고, 부엌으로 남편에게 "이번엔 3인분을 넣읍시다."라고 했다. 그러자 남편은 "아니야, 그러면 알아차리고 민망해할 거야." 그냥 1.5인분을 만들어 그들을 대접했다. 두 아이는 우동 한 그릇을 나누어 먹으며

"엄마, 올해도 북해정 우동을 먹을 수 있어 참 좋지요."

"그래, 내년에도 올 수 있으면 좋겠는데…."

착한 부부는 그들에게 "새해 복 많이 받으세요."라고 힘차게 응원하듯 소리쳤다.

그다음 해 10시 30분경, 그들이 예상했던 세 모자가 들어왔다. 두 아이는 몰라보게 커서 중학교 교복을 입고 동생은 형의 옷을 물려받아 입고 엄마는 똑같은 재킷을 입고 있었다.

"우동 2인분을 시켜도 될까요?"

"물론이죠, 자 이리 오세요." 부인은 '예약석'이라는 종이 푯말을 치우고 같은 2번 탁자로 안내했다.

"우동 2인분이요." 부인이 부엌 쪽에 대고 소리치자, 주인은 재빨

자랑스러운 우리 학교 동문

저것은 넘을 수 없는 벽이라고 고개를 떨구고 있을 때

담쟁이 잎 하나는 잎 수천 개를 이끌고

결국 그 벽을 넘는다.

　　　-도종환 〈담쟁이〉 중 일부

나는 경북대학교 사범대학 부설 중학교에 다녔고 졸업했다.

우리 모교는 붉은 벽돌 건물에 온통 파란 담쟁이로 덮여 있고 교지의 이름도 『담쟁이』로 발간되고 있습니다. 담쟁이의 생리는 혼자 외톨이로 자라 벽을 올라가지 않습니다. 꼭 여럿이 함께 손을 잡고 더불어 자랍니다. 도종환 시인의 〈담쟁이〉 시에서처럼 한 뼘이라도 여럿이 함께 손잡고 올라갑니다.

혼자서가 아니고 서로서로 이끌면서 함께 자랍니다. 결국 수천 개의 잎으로 벽을 다 덮을 때까지 말입니다.

바로 우리들의 이야기입니다. 어린 시절 교실에서, 운동장에서 함께 뛰놀고, 공부하고 잘 자라서 동문이란 이름으로 세상 밖으로 나왔습니다. 그중에는 모국에서 생활 터전을 닦고 살아가는 동문이 대부분이겠지만, 다른 동문들은 학업을 더 계속하려고 미국에 건너왔고, 가정을 이루어 가족과 함께 미국으로 이주했습니다.

그 작은 나라, 작은 도시에서 지구 반대편의 거대한 나라 미국, 거기서도 캘리포니아에서 우리는 다시 만났습니다. 크게도 작게도 생각해 봐도 이것은 정말 기막힌 인연이 아닐 수 없습니다. 인연은 참으로 소중한 것입니다. 인생을 잘 사는 것은 이런 인연을 소중히 여기는 것이라고 성인들은 말합니다.

우리는 비록 작은 인연쯤으로 여긴다 해도 소중히 여기는 사람이 되었으면 합니다. 우리나라에는 큰 명절이 한 해에 두어 개 있습니다. 서로 떨어져 살고 있는 가족, 친지들이 서로의 안부를 묻고, 서로의 안녕을 확인하기 위해 모여 음식을 나누어 먹으며 화기애애한 분위기 속에서 가족이란 인연을 더욱 탄탄히 다지며 다음 해를 기약합니다. 손에 손잡고 담쟁이넝쿨로 덮인 교실에서 공부하고 자란 우리들, 서로서로 이끌어 가며 화기애애한 동문이란 아름다운 울타리를 함께 만들어 갔으면 좋겠습니다.

동문 여러분, 가족 여러분!

다음 모임에서 또 만나기를 희망하며 모두 모두 건강해지시길 빕니다.

회장 김정자 드림

화선지에 수채 28×22″

5

인연에 대하여

내가 만난 인연(1)
- 시인 천상병

인연이란 마음의 밭에 씨를 뿌리는 것과

같아서 그 씨앗에서 새로운 움이 트고

잎이 펼쳐진다.

　　　- 법정 스님

몇 년 전 나의 벗 한 사람이 CD(음악 한 세트)를 내 차 안에 꽂아 주었다. 장사익 씨가 천상병 씨의 시(詩)에 곡을 붙여 직접 노래한 것이다. 한동안 추억으로 묻힌 천 시인에 대한 그리움이 왈칵 솟아올랐다. 선생님과의 첫 만남은 서울 인사동에 있는 조그마한 찻집 '귀천'에서였다. 1989년인가 1990년 초인 것으로 기억된다. 1990년 5월에 서울에서 내 개인전 예정이 있었을 때이기도 했다.

찻집 '귀천'의 이름은 선생님의 시 제목을 땄다.

부인 목 여사가 운영하는 찻집으로 서울에 올 때마다 제일 먼저 찾는 장소이다. 작은 공간에 옹기종기 어깨를 맞대고 앉아 향긋

한 차와 클래식 음악을 듣고 책을 읽고, 그림 감상까지 할 수 있는 아주 특별한 곳이다. 세계에 머무르고 있는 우리나라의 유명한 예술인, 종교인, 작가들의 소식을 전하고 전해 들을 수 있는 곳이기도 하다.

그때 나는 한 불교학자를 만나러 그곳에 들렀다. 마침 목 여사도 처음으로 만나고 인사를 나누었으며 한쪽 구석에 조용히 앉아 계시는 천상병 시인도 만날 수 있었다.

평소 선생님의 시를 좋아해서 내 서재의 책장에 여러 권 저장되어 있는데 너무나 뜻밖에 직접 선생님을 대하니 반갑고 기뻐 눈물이 날 지경이었다. 내 머릿속에 그려 온 선생님의 모습은 오래전에 행려병자로 길에 쓰러졌다가 병원으로 옮겨가 치료를 받고 소생 불가능하다는 선고를 받았지만 극적으로 살아나셨다는 정보 정도였다. 그때 죽음을 맞이했다면 영영 뵙지 못했을 것이 아닌가에 생각이 미치니, 정말이지 여간 반갑고 설레기까지 했다. 약간 나이 보다 늙어 보이고 야윈 얼굴에 병색이 짙게 남아 있었지만 조용하고 평안해 보이는 모습으로 환한 웃음을 담고 있었다.

부인 목 여사님이 미국에서 온 화가라고 내 소개를 하자 금방 얼굴이 환해지면서 입을 크게 벌리고 천진난만한 아이처럼 소리 없는 웃음을 웃으며 어눌한 발음으로 "아이구 예뻐라 예쁜이, 예쁜이"라고 반복하며 반겨 주셨다. 금방 앉은 자리에서 일어나며 부인을 향해 "예쁜이하고 점심 먹게 돈 줘라" 하셨다. 주위 사람들 모두 크게 웃고 나는 당황하며 어쩔 줄 몰라 얼굴이 빨갛게 달아올랐던 기억이 떠올랐다.

부인은 흔쾌히 승낙하셨고 우리는 인사동 뒷골목에 있는 국숫집으로 보내졌다. 국수 먹는 내내 말을 못 하시고 그저 "허어 허어" 웃으며 행복해하셨던 모습이 지금도 눈에 선하다(20년 지난 지금에도).

그 뒤 서울에 갈 기회마다 '귀천'에 들르면 목 여사님은 반갑게 나를 반겨주며 우이동 집에 전화해서 '예쁜이' 왔다고 하면 한걸음에 달려와 우리는 같은 국숫집(3천 원짜리)에서 점심 데이트를 했는데 몇 년 후 세상을 떠나셨다는 소식을 전해 듣고 얼마나 슬펐는지 한참을 울었다. 얼마 뒤 부인도 돌아가셨다고 해서 내 마음이 텅 비고 공허해 인사동 근처에도 가지 않았다.

첫 만남의 날 선생님이 직접 사인해 주신 시화집『도적놈 셋이서』가 내 서재에 있다. 한 일생을 통해 우여곡절이 많았고 비애와 그리움, 가난, 고독으로 살아오신 선생님, 한때 동백림사건에 연루되어 체포되어 6개월의 옥고를 치렀다. 그때 얻은 병으로 돌아가시는 날까지 언어장애를 극복하지 못하셨지만 굳건하고 강인한 의지 하나로 좌절하지 않고 아름답고 천진한 시를 쓰며, 다시 작가의 삶을 사신 선생님을 그저 존경할 따름이다.

탁월한 서정시인으로 아름다운 시를 많이 쓰셨지만, 일반에게 크게 알려지지 못하고, 그늘에 묻혀 고독하게 지내신 선생님의 시와 시집은 내게는 소중한 것이므로 잘 소장하고 있다.

나 하늘로 돌아가리라 ……
아름다운 이 세상 소풍 끝내는 날
가서,
아름다웠더라고 말하리라.
　　- 천상병 <귀천> 중에서

그러니까 1990년 5월 28일 찻집 '귀천'에서 천 시인을 처음 만났으니 1988년 간경화증(정확한 병명)으로 춘천의료원에서 의사도 포기한 상태에서 기적적으로 소생하신 다음 해(?) 돌아가셨다면 영영 나와의 인연은 없었을까?

『도적놈 셋이서』의 서화집이 나왔을 때가 1989년이었으니 몸을 회복하고 줄곧 시를 계속 쓰신 셈이다. 책 제목이 좀 의아스럽게 여겼는데 '셋이서'라는 세 분은 천상병, 중광스님, 이외수 소설가이시다.

출판사 측의 주석에는 "한 놈은 '천진'를 팔아먹고, 한 놈은 '사기'를 팔아먹고, 한 놈은 ' 색깔'을 팔아먹고"라 되어 있다. 책의 서

문을 쓰신 조병화 시인의 글을 일부 옮겨본다.

위의 세 분은 이 세상을 가장 솔직하게 살고 있는 사람들이다. 사회적 통념이나 윤리라는 벽에 의해서 사람답게 사는 것을 포기한 사람들 속에서 이들은 기인(奇人)으로 불리면서 유명해진 것도 이들이 자신의 영역에서 사람답게 사는 길을 용감하게 걸어왔기 때문으로 보인다.(하략)

내가 만난 인연들(2)
– 중광스님

중광스님은 천상병 시인을 망망한 창해의 한 마리 학이라고 하셨다. 중광스님의 실상을 제대로 아는 사람은 스님을 가까이 대해 본 사람 외에는 별로 없다. 그런 스님을 시인 구상님은 "지금까지 10명의 기인을 만났지만, 느닷없이 만난 이가 중광스님입니다."라고 말하며 그를 위해 시를 짓기도 했다. 또 한 분은 국립박물관장 최박사이다. 그는 "중광은 현대 미술에 있어 새로운 경지에 다 다른 화가이다."

캘리포니아 버클리대학 교수 랭케스터도 스님을 일컬어 '한국의 피카소'라고 격찬했다.

–이상은 『서화집 속에 실린 글』 중에서

중광스님은 스님이시기 전에 예술인이다.

시, 그림, 도자기로 가득한 스님의 거처를 방문할 기회를 가졌던 것은 정말 행운이 아닐 수 없었다. 1990년 5월쯤이다('귀천' 다방에서 천상병 님을 만난 시기와 같음). 인사동에서 화구들을 구입하고 골목을 벗어나 비원 길 앞을 운전해 가다가 골목 끝에서 동대문 방향으로 택시를 잡으려고 서 계시는 스님을 발견하고 너무나 뜻밖이라 얼른 차를 세우고 스님께 간단히 내 소개를 하면서 차에 오르시게 했다.

동대문에 있는 '감도암'(내 기억에)으로 가신다고 하셨다. 내가 사는 캘리포니아 LA에서 한국문화원 초청으로 작품전시회를 하러 오셨을 때는 그냥 멀리서만 뵙고 개인적으로 인사를 드리지 못했다. 마침, 그날이 사월 초파일 '부처님 오신 날'인데 절에 도착하니 연등이 좁은 절 마당에 가득 매달려 있고 비구니 노스님이 계셨다.

나는 불자로서 예를 갖추어 법당에 참배하고 나의 부모님 앞으로 영가 등을 다는 절차를 마치고 스님이 거처하시는 구석방으로 찾았다. 그때 중광스님은 절의 한쪽 끝방에서 거처하셨는데 글과 그림, 도자기 작업을 하고 계심이 느껴졌다.

좁은 방 가득 평소에 스님과 친근한 분들이 모여 있었다. 정신과 의사, 최 박사, MBC 방송작가(중광스님 다큐멘터리 제작자), 대학교수 등등 여러분이었다.

주안상이 들어 오고 여러 주제로 진지한 화제들을 나누는 동안, 한 사람이 너무 오래 자신의 이야기를 늘어놓고 있으면 스님이 "얘기가 돌지 않아" 하며 중재하셨다. 나는 원래 그런 장소에서는 낯가림하는 편이라 조용히 방구석에 앉아 있으면서 가까이 스님의 참모습을 차근히 볼 수 있었다. 너무나 평범하고 자상한 분임을 알았다.

미친 중, 퇴페 풍조자, 파계승, 가짜 중… 온갖 말로 자기들 잣대로 폄훼하는 사람들, 그런데 스님은 "저마다 자기 그릇대로 보기 때문에 하등 나와는 상관없이 참 수행하는 사람은 타인의 의식에서 해방되지 않고는 참 정신의 자유를 절대로 찾을 수 없거든." 하셨다.

나는 걸레
반은 미친 듯 반은 성한 듯
사는 게다
三千 大千 世界는
산산이 부서지고
나는 참으로 고독해서
넘실넘실 춤을 추는 거야
　　- 중광스님 <나는 걸레> 중에서

반백이 되시기 전에 고향에도 못 가시고, 열반에 드셨다고 전해 들었다.

중광스님! 말도 많고, 탈도 많은 스님이 되지 마시고, 다음 생에는 예쁜 아낙에게 장가들어 돌담 초가에 묻혀 시와 그림 속에 자유롭게 사십시오.

스님, 스님은 천재적인 예술가입니다.

피카소보다 더 훌륭한 화가이십니다.

—실상화 합장

내가 만난 인연들(3)
– 작가 이외수 편

그대는 이 나라 어느 언덕에

그리운 풀꽃으로 흔들리느냐

오늘은 내 곁으로 바람이 불고

빈 마음 여기 홀로 술 한잔을 마신다

이 나라 어둠도 마신다

　　　　-이외수 <풀꽃> 중에서

　나는 이외수 작가님을 만난 적도 없고, 아무런 인연의 끈이 닿지 않았다. 하지만 이 작가의 글과 시를 통해 늘 감동하고, 크게 공감하면서 내 곁에 가까이 함께하고 있다는 느낌으로 살아왔다.

　내 서재엔 십여 권이나 책들이 가지런히 꽂혀 있다. 그분의 신간이 나올 때마다 사서 읽었고 메모해 둔 시나 감동한 구절이 많다. 그림도 수준 이상으로 화가가 되려는 꿈이 있었다고 했다.

　서화집 『도적놈 셋이서』에는 이 작가가 직접 그린 그림과 시가 담겨 있다.

이 작가의 시 〈풀꽃〉 〈술잔〉 〈나비〉를 생각하며 내 그림을 곁들여 많은 시를 옮겨 적기도 했다. 너무도 좋은 이 작가의 시와 에세이집에 흠뻑 빠져 사막의 더위를 이겨 나가는 데 큰 힘을 얻었다. 이 작가의 책을 손에 들면 온밤을 꼬박 새우며 읽은 적이 너무도 많았다.

화선지에 수채 24×20″

내가 만난 인연들(4)
– 시인 조병화

2002년 가을이었을까 서울 현대백화점 쪽을 걸으면서 다음 그림 개인전을 할 화랑을 물색하던 중 한 전시장을 발견하고 화랑 안으로 들어갔다.

너무나 뜻밖의 상황에 놀랍고 반가운 일이 눈앞에 펼쳐졌다. 시인 조병화 선생님의 시화전이 열리고 있었고, 따님이 아버지의 시화전을 보살피고 있었으며 마침 선생님도 계셨다.

시인이신 선생님은 그림 또한 너무 훌륭하였다. 시(詩)와 그림이 너무 잘 어울리는 작품을 한 폭 한 폭 감탄하며 감상하다가 얼른 선생님께 인사를 드리고 내 소개의 말씀을 드렸더니 선생님도 미국에 자주 가신다고 하셨다. 그 자리에 차를 대접받으며 많은 대화를 나누었고, 방금 발간한 시집이라며 직접 사인하여 주셨다. 조만간 미국에 들를 일이 있으시다며 다시 미국에서 만나기로 약속하고 화랑을 떠나왔다.

그런데 그때 그 만남이 선생님과 마지막이 될 줄은 수십 년이 지난 지금에서 알았고 가슴이 너무나 멍했다(2003년 3월 별세).

그때의 그 만남을 끝으로 5개월 후 영원한 이별이 될 줄은 어찌 알 수 있었을까. 새삼 선생님이 주신 시집을 펼쳐놓고 또 읽으며 나 혼자만의 작별 인사를 뒤늦게 올렸다. 내가 좋아하는 시 모음의 잡기장에는 선생님의 주옥같은 시들이 제일 많이 빽빽이 적혀 있다.

> 지나온 주막들 여전히
> 고향은 마냥 조용하여라
> 아 어머님 평안하셨습니까
>
> 어머님 심부름으로 이 세상에 나왔다가 이제
> 어머님 심부름 다 마치고 어머님께 돌아왔습니다.
>   -조병화 <고요한 귀가> 중 일부

위 글은 조병화 선생님이 세상을 떠나시기 전에 미리 써서 그의 집 앞마당 묘소 옆에 세워둔 비문 시이다.

내가 좋아하는 피천득 선생

아주 오래전에, 서울을 방문했을 때 롯데호텔에 묵으면서, 친구들과 롯데월드 3층에서 점심 약속이 되어 있었다. 3층 승강기에서 막 나오려는데 바로 눈앞에 '민속 박물관'이란 푯말이 보였고, '금아피천득기념관'이 그 안쪽에 있는 것을 발견하고 너무나 놀라워 그 안으로 들어갔다. 금아 피천득 선생님의 사진이 걸려 있었고 선생님이 생전에 쓰였던 조그마한 책상과 책장들, 침구가 전시되어 있었다.

입구 쪽 옆 벽면에 선생님의 대표 시 몇 편도 걸려 있었는데 내가 가장 좋아하는 시 <꽃씨와 도둑>을 눈으로 읽으며 너무 설레고 반가워 눈물이 왈칵 쏟아졌다. 그때의 기억이 아직도 내 가슴을 촉촉이 적셔주고 있다.

선생님의 글과 시를 읽으면 내 몸에 걸친 옷들이 무거워짐을 느낀다. 내 마음은 해맑은 어릴 때의 소녀가 되고 어느덧 나도 청빈한 화가로 살고 싶은 심경이 더욱 간절해지고 더욱 소박하고 간소하게 살아야겠다고 다짐하게 된다.

너를 만났다.
아, 너를 만났다.

찬란한 불꽃
활짝 피다 스러지고
　　　-피천득 <만남> 일부

내가 좋아하는 계절, 5월

연초록으로 반짝이는 들로, 산으로 길을 나선다.

따스한 햇살을 등에 받으며 온종일 풀밭에 엎디어 풀꽃들과 얘기하며 또한 쑥과 냉이를 뜯던 어린 시절을 떠올려 보고 싶기도 하다. 맑고 푸른 하늘을 머리에 이고 마음의 길을 따라 홀로 걸어도 좋고, 해가 들판을 지나 언덕 아래로 떨어질 때까지 마냥 명상에 젖어도 좋은 계절 5월. 마음의 뜨락을 밝고 아름답게 가꾸어 고독을 심어 놓아야겠다고 다짐해 보는 하루가 즐겁기만 하다.

5월이면 먼저 떠오르는 시인 노천명 님 그의 시(詩) 〈푸른 5월〉은 내가 옥색으로 물든 하늘을 올려다보며 천 번, 만 번 외웠던 시다.

청잣빛 하늘이
육모정 탑 위에 그린 듯이 곱고
연못 창포잎에
여인네 맵시에

감미로운 첫 여름이 흐른다.

라일락 숲에

내 젊은 꿈이 나비처럼 앉는 정오

계절의 여왕 5월의 푸른 여신 앞에

내가 웬일로 무색하고 외롭구나(하략)

    -노천명 <푸른 5월> 중 일부

화선지에 수채 30×24″

중학교 때 만난 친구

'친구' 하면 나에게는 손가락으로 셀 수 있을 만큼 적은 숫자로 많은 친구를 사귀는 것을 좋아하지 않았고 많은 사람이 모이는 곳에 가는 것도 좋아하지 않았다.

중학교에 들어가서 사귄 친구는 단 한 사람. 그것도 나의 큰언니가 연결해 준 친구로 중학교에 갓 입학했을 때 큰언니와 제일 친한 친구의 조카였다. 그 아이 이름을 주면서 만나 보라고 했는데 만나 보니 마침 한 반이었고, 키가 작은 아주 예쁘게 생긴 명랑한 아이였다. 학급이라지만 남, 여학생 두 학급만 뽑는 특차로 들어온 학생들이라 나는 키가 커서 뒷줄에 앉았다. 그 애는 앞에서 둘째 줄 책상에 앉아서 학업 중에는 그다지 만날 기회가 없어 학교가 파하면 그 친구 집으로 찾아가곤 했다. 우리는 금세 친해졌는데 그애 어머니는 병으로 늘 누워계셨다. 집안 사정이 매우 어렵게 되어가는 듯했고 친구는 집안 사정을 다 털어놓을 정도로 나를 신뢰했고 우정도 금방 두터워졌다. 아프신 어머니는 끝내 돌아가시고 우리는 주말이면 함께 친구 어머니 묘소를 찾곤 했다.

친구 아버지는 다른 여자와 오래전부터 살아왔는데 그 아버지마저도 병으로 돌아가셨다. 졸지에 부모를 잃은 고아가 되었고 오빠와 두 남동생이 있는데도 친구는 처녀 가장이 되다시피 살림을 해야 했다. 친구네 경제 사정이 점점 어려워지기 시작했고, 심지어 학교에 내는 사친회비 등의 독촉을 받기 일쑤였다. 나는 친구를 돕기 위해 사친회비를 대신 내어주었고, 나의 어머님께 거짓말로 참고서 값을 타내어 친구에게 주었다. 더구나 신학기가 되어 교과서 값까지 친구에게 주어서 나는 3년 동안 교과서 없이 학교를 마쳤다.

우리의 우정은 친구 이상으로 자매의 정으로 단단해졌으며, 어쨌든 우리는 무사히 학교를 졸업하고, 어른이 되어 서로 결혼도 하고 가정을 가지면서 나는 미국에 이민 왔다. 친구는 좋은 남편을 만나 딸, 아들 둘을 둔 어머니로서 행복하게 살고 있었다.

나의 이민으로 십수 년을 만나지 못하고 있었는데 내가 미술 공부를 계속하면서 틈틈이 그림을 그렸고 개인전(1990년 5월) 준비차 서울에 오게 되었다.

우리는 너무나 오랜만에 만났고 나의 미술 개인전이 열리고 있는 동안 날마다 함께 시간을 보내고 행복했다. 그런데 내가 개인전을 마치고 미국으로 돌아오고 얼마 후에 뜻밖의 슬픈 소식을 전해 들었다. 친구가 지병인 당뇨를 오랫동안 앓다가 그만 세상을 떠났다는 것이다.

정말 좋은 친구는 일생을 두고 사귄다지만 우리의 자매 같은 우정은 오래오래 내 가슴속에 그리움으로 남아 있다. 내가 미국에 이민 오지 않았다면 더 많은 시간 함께 할 수 있었을 것을, 더 성숙한 우정을 나누며 살았을 것을….

인생은 그렇게 호락호락 우리의 뜻대로 예정대로 되어지지 않는 것을….

여고 시절 보고 싶은 얼굴(1)

내가 고등학교에 갓 입학했을 무렵이다.

그때는(요즘도 그런지 모르지만) 상급반 학생들과 후배 사이에 S언니, 동생을 맺는 것이 유행이었다. 나는 얼굴이 예쁜 편도 아니고 붙임성이 있는 편도 아니었으나 바로 위 2학년 선배 언니와 3학년 선배 언니 두 S(Sister) 언니를 동시에 갖게 되었다.

바로 위 선배 언니는 참 조용하고 자그마한 체구를 가졌는데 좀 외로워 보였던 것 같았는데 나의 밝은 표정이 마음에 들었다고 했다. '계월'이란 좀 특이한 이름을 가진 그 언니는 주말이면 곧잘 자기 집으로 나를 초대했다. 어머니는 안 계신 것 같았고 아버지와 좀 엄하게 생긴 오빠와 살고 있었다. 가업으로 과자공장을 살림집과 같은 건물에서 하셨는데, 놀러 가면 저녁도 먹고 집으로 돌아올 때는 과자를 잔뜩 싸 주곤 했다.

우리 아버지는 술 담배를 안 하셔서 과자, 빵 등을 좋아하셨는데 내가 언니 집에 놀러 간다고 하면 집 안에 있는 보자기란 보자기를 죄다 찾아 주는 통에 어린 마음에도 당황할 때가 많았지만 언니의 오빠는 언제나 많은 과자를 안겨 주고 나를 예뻐해 주셨다.

그런데 내가 대학교를 서울에서 다니게 되면서 어떤 이유인지 언니와 소식이 끊어지고 말았다. 언니가 한해 일찍 졸업하고 시집을 갔거나 대학교는 안 다닌 것으로 생각되었고 혹은 이사 간 거 같기도 했다.

어째서 우리는 서로 만나지 못했는지 생각해 보았지만 지금 어디에 살고 무얼 하고 있는지 건강하게 살고 있는지 보고 싶고 그리워진다. 마음씨 착하고 정말 정이 많은 분인데 서울에 다시 가게 되면 집중적으로 찾아보고 싶다. 더 늦기 전에…

여고 시절 보고 싶은 얼굴(2)

　고교 시절 또 하나의 소중한 인연은 경북고등학교 3학년에 다녔던 오빠와 S. B를 맺은 것이다.(Sister, Brother) 키가 크고 얼굴이 해맑고 귀티가 나는 요새 말로 '꽃미남'이었다.

　내가 어떻게 그런 엄청난 미남 오빠에게 선택되었는지 지금 생각해도 이해할 수가 없다. 오빠는 홀어머님과 남동생 셋이 살고 있었다. 나는 어릴 때부터 그림 그리는 것보다 책 읽는 것을 좋아해서 특히 많은 시집을 수집해서 읽곤 했다. 그 오빠를 만나고부터 나는 학교가 파하면 우리 집이 있는 삼덕동 로터리 근방에서 오빠네(대구 중앙로) 향촌동까지 시집 『감이 익을 무렵』(향토시인 신지식 著)을 옆에 끼고 걸어서, 달려서 잘도 갔었다(자동차나 버스 편이 없었다).

　아들만 둘인 오빠의 어머니는 내가 놀러 가면 언제나 군고구마나 감자, 옥수수를 쪄서 이층 방에 올려다 주곤 하셨다. 오빠는 그 고운 음성으로 들고 간 시집을 처음부터 다 읽어 주었고 늦게까지 있으면 저녁밥까지 차려 주셨다. 향촌동 뒷골목에는 조그마한 시장과 상점들이 있었는데 오빠 어머님은 건물 아래층에 상점과 살림집을 겸해서 기거하고 이층에는 두 아들이 함께 한방을 쓰고 있었다. S, B 오빠는 일 년 뒤 고등학교를 졸업하고 영화배우가 되겠다고 모 대학 연극영화과를 지망해 서울로 떠났다. 나는 매일 같이 편지를 써서 부쳤고 오빠는 꼬박꼬박 답장을 보내왔다.

정말 아름다운 추억이고 좋은 인연이었다. 그 후 나도 서울대학교 미술대학에 입학하여 서울에서 두어 번 오빠와 오빠의 남동생, 오빠의 여자 친구, 이렇게 넷이 남산에도 놀러 갔고 맛있는 점심을 먹으며 즐겁게 지냈다. 그런데 그 후 서로 바쁜 일정으로 또는 오빠가 학교를 중단하고 대구집으로 내려갔는지 서로 소식이 뜸해지면서 결국 연락 두절이 되었다.

많은 해가 지난 어느 날 오빠는 그 여자 친구와 결혼해서 어머님 집에 함께 살고 있다는 소식을 전해 들었다. 작곡가가 되고 싶다는 남동생은 지금 무얼 하고 있을까? 지금쯤 꿈을 이루어 활동하고 있을까? 대구 고향에 갈 일이 있으면 수소문해서 만나고 싶지만, 너무 늦어버린 게 아닐까.

나는 한동안 너무 비참하고 암흑 같은 삶에서 벗어나지 못하고 있을 때여서 다른 사람들을 생각하고 그리워할 처지가 아니었다. 정말 아름답고 좋은 인연들이었는데 마음만 아프게 저려온다.

16세의 나의 첫사랑

만약 사람들이 나에게 "어떤 형의 남자가 좋으냐?"라고 묻는다면, 나는 한 치의 망설임 없이 '눈이 선한 남자'라고 답할 것이다.

'눈이 선하고 약간의 웃음기를 담은 눈을 가진 남자!'

그가 明이다. 고등학교에 갓 입학하고, 그해 8월쯤 평소처럼 주말이면 넓은 마당 감나무 밑에 놓인 평상에 누워 한가로이 하늘을 올려다보며 명상에 잠기곤 했다.

그날도 그러고 있는데 느닷없이 친구 자야가 찾아왔다. 딱지처럼 접은 종잇조각을 내밀며 읽어보고 답을 해달라는 것이다.

"내일 일요일 정오에 도청(경북 도청) 맞은편에 있는 빵집 덕인당에서 만나고 싶다."라고 쓰여 있었다. 후다닥 놀란 가슴은 지금도 떨려오고 있다.

明이는 자야와 친사촌 관계이고 우리 모두 동갑내기인데 明이는 일 년 빨리 초등학교에 들어가서 고 2학년이었다. 그의 부모님은 여관을 경영하고 계셔서 여유로운 편이었다. 얼마 후 그의 집에 놀러 갔었는데 여관 건물 2층 끝방에 걸상과 책상이 놓여 있고 침대가 있는 방을 혼자 쓰고 있는 그가 얼마나 부러웠는지, 지금 생각해도 웃음이 나온다.

그때 보통의 집은 온돌방에 살면서 공부방이 따로 없고 머리맡에 앉은뱅이책상에서 무릎 꿇고 앉아서 책도 읽고 숙제를 했다.

어쨌든 딱지 편지를 받고 마음이 설레고 좋아서 일요일 아침부터 일찍 일어나 서성이다가 한달음에 뛰어서 약속된 빵집에 갔다. 明이는 미리 와서 나를 수줍은 듯 특유의 눈웃음을 머금고서 반겨 주었다. 얼굴이 뽀얗고 예쁜 미소년인 明이, 그와 난생처음으로 빵집에서 팥빵과 크림 빵, 곰보빵(소보르), 초콜릿 빵을 많이 먹었다. 덕인당은 대구 시내에 유일한 빵집이었다. 우리 집은 개천이 흐르는 좀 한적한 주택가에 있었기에 근처에 중국 식당이나 빵집 같은 것은 없었다.

明이 어머님은 미인으로 여성스럽고 상냥하셨는데 明이가 그의 어머니를 많이 닮은 것 같았다. 내가 明이네를 찾아갈 때면 그의 어머니가 이층 구석방을 향해 '정자가 왔다'고 소리쳐 부르면 明이는 슬그머니 집 밖으로 사라지기 일쑤였다. 어머니 앞에서 부끄러워했던 것 같다. 가끔 만날 때마다 明이가 중국 요리를 사주곤 했다.

明이는 유난히 부끄러움 타는 조용한 성격이어서 내가 먼저 다가가는 것도 조심이 되었다. 우린 성장하여 각기 다른 지역, 다른 학교로 진학했고(나는 서울, 그는 부산대학교) 자연히 우리는 만날 기회를 놓치고 말았다. 이후 나는 가정을 이루어 미국으로 건너왔고 明이도 결혼을 늦게 한 걸로 안다.

1990년 5월 서울 청담동에 있는 '평화랑'을 대관하여 내 첫 개인전을 했는데 자야가 두 남동생과 明 등 여럿이 화랑으로 나를 보러왔다. 그리고 明이는 고등학교 동기 동창들과 함께 와 주었다. 나는 너무 반갑고 놀라워서 어쩔 줄 몰라서 눈물까지 흘린 기억이 떠오른다. 전시 기간 내내 저녁도 함께 먹고, 라이브 뮤직이 있는 카페에서 음악도 듣고 맥주도 마시며 그동안 밀린 얘기와 정을 나누며 밤이 깊어지는 줄도 모르게 보냈다.

많은 세월 동안 서로를 그리워했다는 걸 확인하는 시간이었다. 우린 서로가 너무 좋아하면서도 서로 다가가는 방법을 몰랐던 걸까?

다시 내 집으로 돌아오고 보니 어쩜 우리 인연은 더 이상도 더 이하도 아닌 환경에 놓여 있음을 알았다. 서로의 가정이 있기에….

서울을 떠나오기 전날 오후 明이는 광나루의 경치 좋은 곳으로 드라이브해서 맛있는 장어구이를 사주었다. 그러나 우린 한 번도 손을 잡거나 포옹하고 입맞춤해 본 적 없었다. 만약 이 담에 다시 만날 기회가 온다면 내가 먼저 다가가 힘껏 포옹하고 깊게 입맞춤하리라. 아니면 이대로 나의 첫사랑은 영영 멀리 흘러가고 말 것인지.

예쁜 여자

여자의 아름다움이란 백화점에 가서

사서 가지는 것이 아니다.

그 여자 스스로 속에서 만들어 내는 것이다.

-이외수

"공부를 많이 한 여자는 예쁜 여자한테는 못 이기고, 돈 많은 여자는 건강한 여자를 이기지 못하고, 건강한 여자는 세월을 이기지 못한다."라는 재미있는 얘기를 친구에게서 들은 적이 있다. 뭐니 뭐니 해도 세월을 이기는 장사는 없다는 옛 어른들의 체험적인 말이 옳다는 것을 직접 피부로 느끼는 나이가 되었다.

가까이 지냈던 화가 중의 한 남자는 말끝마다 "못 생기게 태어난 여자는 죄악이다."라고 말하면서 우리를 웃게 만든다. 또 다른 한 남자가 중얼거리며 하는 말 "못생긴 여자는 용서가 안 된다."라고 했는데 보통의 남자들에게는 이렇듯 여자에 대한 편견 의식이 있는 것 같다.

여자는 우선 예뻐야 한다는 것에 이견은 없지만 나는 예쁜 여자의 기준을 더 진지하게 생각하고 싶다. 미(美)에 대한 기준을 나는 여자의 외모보다 내적인 미(美)에 점수를 더 주고 싶다. 마음씨 곱고 예의 바른 모습, 대화에 격이 있는 여자를 추천하고 싶다.

외모가 예쁜 여자는 나이가 들어도 그 미모를 지속하게 될까. 아무리 아름다운 꽃도 겨울철이 되면 시들고 꽃잎을 떨구고 빈 가지만 남지 아니한가. 내면에서 우러나는 인품과 가꾸어온 인격은 영영 시들지 않고 향내가 오래오래 우러나온다. 그런 여자는 무덤까지 가서도 향긋한 향기를 피울 것 같다.

꽃과 함께

꽃들은 나를 향해 아무런 말도 걸어오지 않는다.

말이 없으니 다툼이 없고 마음과 마음으로 연결되니 나눌수록 깊어지고 볼수록 새로운 정이 솟는다. 나는 꽃들을 향해 기어이 말을 걸어보지만, 꽃들은 한결같은 자세와 침묵으로 미소를 머금고 흔들리고 있다. 나는 차츰 꽃들에 끌려 들어가고, 그들의 침묵을 배워간다.

커피를 홀짝홀짝 마시는 소리 외에 조용히 미풍에 흔들리는 가벼운 몸짓 앞에 나는 꽃들의 언어를 배우고 침묵을 배우고 순수한 미소를 머금은 꽃송이, 송이를 들여다보면서 맑고 빛나는 아침 태양 아래 참으로 평화롭고 행복한 하루를 보낸다. 그러는 동안 왼 종일 뜨거운 태양열에 견디면서 숨죽이고 있던 높은 모래 산이 붉은 색에 가까운 보랏빛으로 서서히 채색되어 가면서 그렇게 노을이 보랏빛 산 위로 깔리고 찬란했던 하루의 태양은 어둠의 적막을 깔아 놓고 서산 너머로 사라진다. 또 하루가 가고 있다.

내 삶의 시간이 조금씩 떨어져 나가고 있다.

화선지에 수채 28×20″

아름답지만 고독한 길, 예술의 길

화가는 자연을 이해하고, 사랑하며, 평범한
사람들이 자연을 더 잘 볼 수 있도록 가르쳐 주는
사람이다.
-오귀스트 로댕

6.

나의 예술론

나의 예술론

창조자는 오직 한 분 뿐, 창조하고 무를 유가 되게 하고 생명이 없는 것을 소생시키는 것은 신의 몫이다.

화가는 그분처럼 창조자가 될 수 없다. 다만 자연에 있는 모든 아름다운 것들을 화폭에 옮겨 놓는 작업이 화가가 하는 몫이란 것이다.

이런 마음 자세로 나는 늘 정직하고 성실하게 아름다운 자연을 화폭에 옮겨다 놓는 작업을 해왔다. 주위 환경에 구애받지 않고 나의 삶은 늘 활력에 차고 기쁨 그 자체로 가득하기에 나의 화폭에 담긴 꽃들은 생기에 차 있다.

작품을 어떤 의도를 가지고 그리지 않고 한 송이 한 송이를 화폭에 담는 작업을 하다 보면 꽃들이 온 들에 가득히 피어 흔들리고 있음을 본다. 꽃들이 피고, 지고 피어나는 들판에서 나의 작업은 멈추지 못하고 완성이란 더욱 없다. 화폭에 집중하다 보면 어느 사이 시간을 잊고 나를 잊어버린다. 정성만이 사람의 마음을 감동시키고 움직이게 하기 때문이다. 정성이 배어있는 작품을 만나게 되면 가슴 깊은 곳에서 알 수 없는 물결이 일렁인다. 예술 작품은 인간의 생명처럼 무한한 고독이다. 무한한 고독의 작업 과정에서 산출된 예술품이야말로 사람들을 감동하게 하고 생동감에 젖게 만드는 것이다.

나는 늘 고독과 고요 속에서 그림을 그린다. 일단 화폭 앞에 앉으면 어떤 목적이나 의도를 갖지 않는다. 꽃들이 화폭에 담기면 뒤뜰에 피어 있는 정원의 꽃이 되고 어떨 때는 먼 들판에 흔들리는 들꽃이 되기도 하고 양지바른 언덕에 옹기종기 모여 노는 어린 아이들 모습을 꽃에서 찾게 된다.

시인의 시(詩)가 순수하고 무리 없이 우리의 마음을 움직이고 감동을 주듯이 그림도 난해하지 않고 편안하게 마음에 와닿는 그런 작품이어야 할 것이다. 예술은 또한 작가의 생각 자체가 아름답고, 또한 그런 아름다운 생각들을 진실되게 표현함으로써 얻어지는 것이다. 아무리 아름다운 자연이라도 진실성, 순수성이 나의 내면에 와서 직접 부딪치지 않으면 작품화되지 않는다. 깊은 감동을 주는 작품은 작가가 지닌 숭고한 정신에서 만들어져야 함을 깊이 새기고 있다.

추사 김정희는 "인품은 화풍을 이룬다."라고 했다. 손끝의 재주보다 숭고한 정신에서 우러나는 예술을 말한 것이다.

"작품이란 작가의 예술적 충동을 그때그때 기록한 것으로 생각된다. 예술가는 누구나 관중을 염두에 두게 되며 예술가가 생각하는 관중은 시대와 지역을 초월해서 많고 넓을수록 좋다. 그러나 진정한 관중은 자기 자신이다. 왜냐하면 자신을 기만하면 관중을 속이는 셈이 될 것이고 자신에게 정성을 다하면 그만큼 관중에게 성실하게 되기 때문이다.

결국 작품은 자신을 위해서 제작한다고 말할 수 있겠다." -김종영(서울대학교 미술대학 교수)

나의 그림 소재

　나의 초기 작품은 주로 캘리포니아에서 볼 수 있는 야자수, 푸른 바다에 지는 해, 나목에 걸린 보름달 등 자연을 소재로 했다. 그리고 1990년 서울에서 첫 개인전을 열었다.

　그 후 나의 예술세계에 더 깊이 들어가면서 자연을 더 넓게 둘러보고 싶어 자동차를 몰고 길을 떠났다. 주변 여러 도시를 운전해 가는중에 어느 나지막한 산 주변 넓디넓은 들판을 온통 덮고 있는 하얀 들꽃을 발견하게 되었다. 얼른 차를 멈추고 가까이 다가가서 들여다보니 들국화(미국명 Daisy)였다.

　너무 아름답고 그 청순한 자태에 금세 마음을 빼앗겼다. 샛노란 가슴을 열고 어린아이처럼 천진한 얼굴로 웃으며 나를 반기듯 무리 지어 바람에 흔들리는 하얀 들꽃을 나는 스케치북에다 담아 넣었는데 꽃들의 얼굴이 다 다른 모습에 너무 놀라웠다. 카메라에 꽃 하나, 하나씩 담고는 얼른 집으로 돌아와 화실로 들어가 작업을 시작하고 싶어졌다. 그때의 그 설렘은 지금도 생생히 내 가슴에 되살아 나는 듯하다. 그로부터 지금까지 내가 즐겨 그리는 그림 소재가 되어 왔다.

　내 집, 뒤뜰 울타리를 따라 하얀 들국화를 잔뜩 심어 놓기도 했다. 내 그림 소재도 되어 주고 사철 내 옆에서 함께 하고 있으니 얼마나 행복한가….

사막을 떠나기로 마음먹다

무덥고 긴 여름이 사계절의 절반을 차지하는 이 사막 도시에 내 몸이 점점 나태해지고 작은 일에도 힘이 따르지 않기 시작했다. 마침, 동문 선배님이 모국의 날씨와 비슷한(비도 자주 오고 그리 덥지 않은 곳) 고장을 추천해 주셨다. 과일나무 키우기도 좋고 물론 텃밭도 만들어 채소를 키우기도 좋은 산동네라고 하셨다. 자연이 주는 즐거움은 사막이나 숲속이나 어디에도 공평하기 마련이지만, 여러 해 동안 무더위에 갇혀 제대로의 활동이 절제된 곳에서 떠나 보고 싶어졌다. 전원생활은 다른 형태의 삶을 누릴 수 있을 것 같아 18년 몸담은 사막을 떠나기로 작정하고부터 마음이 설레기 시작했다.

연초록 풀들이 싱그러운 숲길과 정원을 가꾸어 놓고 텃밭에서 일하는 재미도 있을 것 같다. 들국화, 코스모스도 한 마당 가득 심어 놓고 그림을 그리면 얼마나 좋을까 하는 꿈을 미리 꾸어 보고 나니 금방 온몸의 기력이 되살아나는 것 같아 행복해졌다.

그래, 새롭게 새로운 또 다른 삶을 시작하는 거다.

내 어릴 적, 넓은 텃밭이 있는 집에서 아버지와 각종 채소를 심어 먹던 기억이 되살아나기까지 한다. 나는 넓은 마당, 담 밑으로 온갖 일년초 꽃을 키우며 자랐다. 작은 집을 지어 꼭 필요한 것들만 챙겨 내 인생의 마지막을 정리해 가며 살고 싶은 것이다. 앞으로 펼쳐질 또 다른 삶에 기대하며 건강도 돌보고 책장 정리, 그림 정리, 살림살이도 최소한 줄이고 아름다운 자연에 묻혀 살려면 내 삶에 더 많은 시간이 필요하니까.

나는 이 사막 도시의 맑은 공기와 푸르디푸른 하늘과 강력한 태양을 사랑하였다. 참으로⋯.

도시에서 생존의 이유만으로 파란의 삶이 허둥대는 도시를 떠나자. 길이 있는 곳, 아무 데나 세상의 변천과 갈등이 문명인 양 숨이 우글대는 도시는 싫다. 사탕발림 같은 웃음과 노략질당한 순이의 언어들을 귀족처럼 뱉어내는 도시의 공간은 시계태엽처럼 끌려 생기 없는 시각을 타종할 뿐 이제 그 도시에서 빛바랜 자존과 허영을 더 이상 유전시키지 말자. 푸석푸석한 짚신을 신고 들길 건너 풍향이 좋은 언덕에 뗏집을 짓고 자도 강산이 맑고 사랑이 아침을 노래하는 그곳을 찾아나서자.

싱싱한 약속이 풍성한 낙원에 살자.

-남의송 詩

옷장을 정리하다
-내 육신이 떠나면 필요 없는 옷들에 미리 작별을 고하면서

이사하기로 마음먹은 후부터 그동안 생각지 못했던 일 중의 하나가 옷장 정리이다. 계절이 바뀔 때마다 조금씩 해온 일, 이번에는 대작업을 하기로 했다.

즐겨 입는 편안한 옷 몇 벌만 우선 챙기고 외출복과 신발은 모두 기부하거나 이웃에 줄 작정이다. 언제나 겪는 일이지만 좋아하는 색깔의 옷들은 내봤다가도 아까워서 도로 한쪽으로 밀어 넣기를 10년이나 해왔다. 그런데 아끼는 옷들도 이제 작아져서 입지도 못하게 되었다.

'운동해서 뱃살을 좀 빼면 입을 거야.'라고 했는데 살이 빠지기는 커녕 아무런 희망도 보이지 않는 몸을 보고는 피식 웃음이 나왔다.

새 옷은 몇 년 전부터 사 입지 않았고 생활필수품은 더 필요치 않게 되어 모두 싸 두었다. 내가 나가고 있는 절에 전부 실어 보낼 작정이다. 한 번도 쓰지 않은 찻잔 세트, 접시, 냄비 등이다. 간편하고 간소하게 꼭 필요한 것들만 챙겨 무소유의 홀가분한 삶으로

살아가고프다.

'무소유'란 전혀 아무것도 가지지 않는 것이 아니라 필요한 것만 지닌다는 의미다. 아니다 싶을 때 다 버리고 떠날 수 있어야 진짜 자유인이다.

마음까지 환히 텅 빈 느낌이 되어 여간 후련하지 않다.

다시 사막에서
-우리를 슬프게 하는 것들

미국 동부에서 사는 한 지인이 한국에서 온 친구와 사나흘 내 집에 머물고 간 적이 있었다. 이번에 또 오고 싶다는 걸 거절 못 하고 이들이 먹을 식재료를 구입해 놓고 기다리고 있었다.

약속된 날짜에 LA공항으로 마중 갔는데 서울서 온 친구는 전혀 낯설지 않고 친근감마저 들었다. 통성명하고 보니 우리는 나이도 같고 학창 시절 추억까지 공유(4·19, 5·16 등등) 하고 있었다. 이야기를 나눌수록 동문을 만난 것처럼 스스럼없는 느낌이었다.

두 분 모두 남자인데 첫날부터 저녁 음식을 함께 만들어 먹고 차를 마시면서 대학 시절의 이야기를 나누었다. 명동의 클래식 음악실에 자주 다녔던 음악 애호가인 것조차 닮았다. 클래식 음악을 틀어 놓고 술까지 대접했는데 두 분이 지독한 애주가였다.

술을 전혀 못 하는 나는 손님들이 들고 온 술을 찬장에 가득 저장해 두기만 했다. 두 분은 포도주, 양주, 정종 가리지 않고 저녁 식사를 하고 남은 남겨진 반찬들을 곁들여 홀짝홀짝 다 마셔 대는 것이었다.

이튿날 아침 식사와 점심때도 술을 들곤 했다. 골프 치러 갈 예정이 지나버려 취소한 날, 본격적으로 술자리가 벌어졌다. 점점 취기가 돌면서 전혀 술을 못 하는 내게 '주모'라고 부르며 '주모'가 취해야 안주가 잘 나온다는 농담을 하면서 술을 권했다. 분위기를 살릴 겸 한 잔, 두 잔 받아 마시다가 나까지 취해서 '주안상' 차려 놓았다. 마주 앉은 사람과 술을 마시면서 삼중창으로 떠들어대며, 오랜 친구처럼 학창 시절 이야기에 꽃피우고 음악도 들으며 만사를 잊은 듯 즐거웠다. 나는 이왕 '주모'가 되었으니 하면서 술안주와 저녁 식사도 일찍 만들어 맛있게 먹었다. 정말이지 내 일생 중에 제일 즐거운 시간을 가진 것 같았다. 허심탄회하게 분위기가 무르익는 동안 술은 동이 나고 일행 중 한국에서 오신 손님이 "낮술에 취하면, 부모도 알아보지 못한다는 데 우리야 알아볼 부모도 없으니." 하면서 남은 술을 다 마시며 즐거워했다.

그런데 얼핏 그 한마디 '낮술'이란 말에 내 머릿속을 스치면서 한 순간 정신이 퍼뜩 났다.

지난날 내 고향 대구에서 미술 개인전 관계로 화랑과 그림 액자 집을 바쁘게 오가고 있었다. 그런데 허름한 옷차림을 하고 길 한 가운데를 휘청거리며 걷는 중년 남자가 눈에 띄었다. 남들은 직장에서, 또는 작업장에서 한창 일을 하고 있을 시간에, 그 남자는 술에 취한 듯 몸을 가누지 못하고 있다. 마침, 비가 부슬부슬 내

리는 늦은 아침에 옷은 축축하게 젖어 더욱 초라한 모습으로 비틀
거리고 있었다.

　나는 가슴이 멍해지고, 처음 보는 광경에 당황하게 되었다. 그리
고 그 남자가 너무나 가벼워 보였다. 한 가정의 가장일지 모르는
중년 남자. 무엇이 그를 아침부터 술을 마시게 했을까? 무슨 슬
픈 사연이 그를 제정신을 잃을 만큼 비틀거리게 하고, 주위 사람
들을 의식 못 하고, 길 한가운데서 고개를 푹 떨구고 걸어가고 있
을까. 내 시야에서 그 남자가 벗어날 때까지 멍하니 서서 바라보고
있었다. 가난은 얼마나 사람을 외롭고 슬프게 고통스럽고 쓸쓸하
게 하는지 가난해 보지 않은 사람은 결코, 모를 것이다. 아직도 그
때의 우울했던 기억이 지워지지 않고 내 마음을 슬프게 만들고 있
다.

　아직도 그 사람은 낮술에 취해 비틀거리며 대낮의 거리를 방황
하고 있을까.

자동차 여행을 즐긴다

운전하는 것을 좋아하기도 하지만, 음악을 들으며 차창 밖으로 스쳐 지나가는 자연풍광을 옆눈으로 힐끔힐끔 훔쳐보면서 나 홀로 완전한 나만의 공간 속에서 오직 내 생각에 잠기면서 운전하는 것을 좋아한다.

번잡한 도시를 벗어나면 띄엄띄엄 나지막한 집들이 산 밑에 여기저기 흩어져 있는 한적한 마을을 보면 가슴이 설렌다. 한국의 초가집 같은 느낌이 들어서이다. 그리고 그 집에 살고 있는 사람들이 부러워지기도 한다. 가장 복된 삶이란 태어난 곳에서 평생토록 묻혀서 세상 물정 모르고 살다가, 그곳에서 생을 마감하는 것이라 했다.

〈섬진강 이야기〉의 작가 김용택 씨는 태어나고, 자란 곳에서 평생 살았으면 했는데 용케 그렇게 되었다고 한다. 그런 그 시인이 얼마나 부러웠는지….

물론 그들 나름대로 부유한 가정을 꿈꾸고 좋은 직장, 좋은 환경에서 살고 싶은 염원을 하고 있을지 모른다. 살다 보면 다 부질

없고 허망한 세월 속에서 후회할 일들만 남는 것을 그들은 모를 것이다.

『월든』의 작가 소로우도 삶의 진수만을 살고파 숲속으로 들어가 오두막집을 짓고 텃밭을 가꾸며 자급자족의 생활을 하다가 죽음을 맞이했을 때 정말 후회 없는 삶을 살았으며 행복하고 평온한 잠으로 들어갔다는 것이다.

먹을 만큼만 있으면 되는 것을, 의복은 활동하기 편한 몇 벌만 있으면 되는 것을, 천년만년 살 것처럼 비축하는 어리석은 것은 아니 하면 되는 것을…. 권세와 명예도, 부귀영화도 한낱 티끌처럼 흩어져 버리는 삶을 왜 그리 붙잡고 미련하게 사는지 혼자 살다가 혼자 조용히 떠나는 인생이 한없이 부러워지는 날이다.

해가 저물 때쯤에 집으로 돌아왔다.

자기 삶에만 충실하다 가는 것이 인간이 누릴 수 있는 최상의 복이 아닐까.

일본에서 사는 어느 의사의 고백이다.

"평생 의사로 살았으면서도 행복하지 못해, 칠십 세가 넘으면 모든 공직과 의사의 일을 끝내고 고향(한국)에 가서 산밑 숲이 우거진 곳에 오막살이 초가를 짓고 살다가 죽었으면 좋겠다."

인간은 나이가 들수록 과거를 더 많이 생각하는 습관을 갖는 것 같다. 그 과거가 잊을 수 없는 생의 고향으로 떠오르기 때문에 인간은 나이가 많아질수록 고향에 대한 그리움을 더 많이 갖는 것이다.

모두 살아 보니 후회만 남는 것.

"다시 태어나면 일 잘하는 사내를 만나 깊고 깊은 산골에서 농사짓고 살고 싶다."라고 작가 박경리 씨도 생을 마치면서 남긴 마지막 글이다.

"야채 조금 먹고 이따금 동태 한 마리 끓여 먹고 쌀, 보리 서너 줌이면 내 하루가 족한 것을, 눈 내리는 창가에서 뜨거운 커피 한 잔이면 족한 것을."

이사를 하다

이사를 하다

드디어 18년을 살아왔던 사막 도시에서 신동네로 이사를 하였다. 완전히 다른 곳으로.

새로 옮겨온 집은 자그마하고 나지막한 집으로 방 2개와 부엌과 거실이 함께 붙어 있어 생활하기에 너무나 간소하고 편하게 되어 있다. 방 하나는 침실과 서재를 겸해서 쓰게 만들어 놓고 다른 방은 나그네가 잠시 머물다 갈 수 있도록 예쁘게 꾸몄다. 음식 만드는 것을 좋아하는 내가 제일 신경 쓰는 부엌은 물론 예쁘게 편리하게 꾸몄다.

이제 넓은 뒤뜰에는 온갖 과일나무를 심을 것이고, 부엌 가까운 곳에 텃밭을 만들어 각종 채소를 심어 간소한 식재료로 쓸 것이다.

바람 부는 언덕 온통 푸르디푸른 하늘이 끝 간에 없이 넓게 퍼져있는 곳, 내가 원하는 데로 가고 싶은 데로 걸어가듯 새삼 이 완전 자유와 해방감 속에 마냥 행복하다.

철학자 김형석 교수님의 첫 에세이집에는 "작은 언덕에 조그마한 집을 짓고 서재는 남향으로 내고 햇빛이 잘 드는 창문으로 언덕 아랫마을에서 우체부가 올라오는 것이 내다보이는 방에서 책을 읽고 글을 쓰며 살아가고 싶다. 하늘은 욕심껏 옮겨 놓고…".라는 글을 읽은 후부터 지금까지 내 꿈으로 키워왔다.

내 꿈이 오늘에야 이루어져, 하늘을 우러러 감사와 감격의 기도를 두 손 모아 드리고 있다.

감사합니다. 그리고 사랑합니다. 신이시여….

사계절의 삶

신이 주신 사계절을 걸어 다니면서 나는 열심히 온몸으로 살려고 노력한다.

사람들은 조금만 추우면 춥다고 벌벌 몸까지 떤다. 조금 더우면 덥다고 짜증 내며 답답하게 살아가고 있다. 오늘 내가 살아 있는 것만도 큰 축복일진대 여름이니까 덥고, 겨울이니까 춥고 그 대신 두 계절을 잘 이겨내면 춥지도 덥지도 않은 아름다운 두 계절 봄, 가을을 주셨지 않으신가.

신이 우리에게 자연과 더불어 행복하게 살라고 생명을 주어, 이 세상으로 보내셨으니 아무 불평 없이 잘 적응해 살아 이 귀한 생명을 건강하게 잘 보존하고 귀하게 잘 살아 다시 하늘나라로 돌아가서 신께 칭찬받을 생각을 하면 어찌 허술하게 생명을 놓아 버릴 수 있겠는가.

더 좋은 인생으로 다음 생이 이어지도록 최선을 다해 한껏 살아야 할 것이다. 신은 항상 우리를 지켜보고 계심이니….

나의 일상에서(1)

이사 온 날부터 욕심껏 과일나무들을 심어놓았다. 5년이 지난 지금 내 집에는 좁다란 마당이 과수원처럼 풍성하게 열매를 맺기도 하며 크게 자라 있다. 감나무와 사과나무는 격년제로 열매를 맺고 있어 지난해는 사과가 너무 많이 열려 가지가 휘었는데 올해는 겨우 너덧 개가 달렸고, 감나무는 올해 다닥다닥 열렸다. 자두나무는 우리 동포가 경영하는 식물원에서 특별히 좋은 나무를 사들여 온 덕인지 계절을 가리지 않고 언제나 초봄부터 하얀 꽃을 피우며 졸망졸망 많은 열매를 맺어 아침마다 들여다보며 신기해하고 있다.

팔월의 뜨거운 햇살을 받으면서 노오란 빛으로 익은 자두는 달고 맛이 너무나 좋다. 감은 구월이나 시월쯤에 본격적으로 익어서 맛을 낼 것이고, 오렌지 나무는 사철 내내 열매를 따지 않으면 묵은 열매와 새것이 어울려 그대로 나무에 매달려 같이 익어가고 있다. 아름답게 열매로 익기 위해 모든 과일나무는 여러 달을 수분을 받아들이는 데 전력을 다했을 것이고, 열매는 튼실하고 맛있게 익기 위해 정성을 다했으리라 여겨진다. 사람들에게 추수의 즐거움을 주기 위해 눈물겨운 노력을 했을 것이다.

벌레들이 달려들 때도 있었을 것이고, 인간들의 부주의로 충분한 수분을 섭취 못 했을 때는 가슴을 태우기도 했을 것이다. 식물이나 인간이나 다 같은 경우를 거치며 살아남아야 하는 것을 공유해 보니 차마 과일을 그냥 따 먹기가 죄송스러워졌다.

올해는 크게 깨달은 마음으로 과일을 따서 먹을 때 마음을 다해 '정말 감사하다'는 말을 전해야 할 것 같다. 서로 진심으로 교감한다면 식물들도 깨쳐 알아듣고 다음 해에도 더 많은 열매를 달고 우리 인간들을 기쁘게 해줄 테지.

문득 열매에 관하여 어느 작가의 글이 떠올랐다.

인간은 열매를 배워야 한다.

인간은 열매처럼 아름답고, 열매처럼 개성이 있어야 한다. 세상에는 미도 없고, 빛깔도 없고, 개성이 없는 사람들이 얼마나 많은가.

열매는 생명의 성숙이다.

성숙경에 도달한 생명의 열매다.

인간도 마찬가지다.

우리는 성장하고 성숙해야 한다.

나의 일상에서(2)

뜰 청소를 하다.

가을이 되면 더 바빠지는 일상이 된다.

욕심껏 심어 놓은 온갖 과일나무 잎들이 다투어 낙엽되어 뒤뜰을 엉망으로 흩트려 놓는다. 특히 마당 가에 심은 세 그루의 포도나무는 잎이 커서 누렇게 마르기 전에 잎과 가지를 쳐 주지 않으면 다 말라버린 잎은 바스러져서 쓸어 모으지도 못한다.

오늘 아침 일찍 햇살이 퍼지기 전에 서둘러 잔가지를 쳐 주고, 낙엽도 말끔히 쓸어 냈다. 모든 과일나무는 가지들을 짧게 잘라 주면, 이듬해 봄에는 더 잎을 총총히 피우고, 열매도 튼실하게 열린다는 것을 배워서 실천했다.

한번 일을 시작하면 끝을 보는 성격이라 열심히 모든 것을 마무리하고 보니 정오가 다 되었다. 허리도 아프고 목이 말라 냉수 한 사발을 마시며 벤치에 앉아 잠시 쉬었다가 집 안으로 들어왔다.

오늘 안으로 작품 한 점을 끝맺기로 작정했는데 피곤하고 힘이 달려 그냥 음악을 들으며 쉬기로 했다. 텃밭에서 조금 하는 일도

힘에 부치는 나이가 된 것이 좀 슬프기도 하다. 하지만 어쩌지도
못하지 않은가.

늙어 가는 것을 마음 아파하지 않겠다.

그저 오늘 살아 있는 것만으로 축복으로 삼겠다.

나의 일상에서(3)

이렇게 한가히 늙어 가는 것이 외롭지 않은 것도, 일년내내 내 뜰에서 호흡을 같이하고 있는 나무들이 있고, 철 따라 피고 지는 죄 없는 꽃들이 내 옆에 있는 까닭인지 모르겠다.

-신석정

나의 일상도 신석정 선생님의 글에서처럼 절대적으로 공감하고 있다.

아, 이 행복한 아침, 내 집 뒤뜰에서 내가 심은 과일나무 사이로 서성이며 맑은 공기로 심호흡하고, 옛 시인을 그리워하며 보내는 하루가 행복하고 행운을 안은 생이 아닌가 싶다. 선생님도 감을 또옥 또옥 따면서 푸른 하늘 아래 오래 오래 사셨으면 얼마나 좋았을까.

그리워 눈시울이 뜨거워 온다.

선생님의 고운 서정시들이 또한 그리워지고 있다.

사람은 없어도 계절은 바뀌고 꽃이 핀다는 사실

사막에서 살 때도 정말 즐겁게 지냈다.

대지에서 뿜어 나오는 열기에 에너지가 충만했고 그림도 많이 그려 개인전을 두 번이나 서울과 LA에서 성공리에 치렀다.

지금 사는 집도 동향이어서 햇살이 창문으로 환하게 들어오며 그림 방에서는 서늘한 산바람과 맑은 공기를 즐기며, 좋은 기운을 받아 지칠줄 모르는 열정으로 많은 그림을 그렸다. 모든 작품이 다 마음에 흡족하게 되어 거의 5년 동안에 많은 작품이 모였다.

2020년 5월 초쯤 또 따른 개인전을 하고 싶은 욕망이 생길 정도였다. 그런데 뜻밖의 상황이 닥친 것에 너무 놀라고 황당했다.

'코로나바이러스 19 팬데믹'이란 내 평생 듣지도, 믿기지도 않은 무섭고 두려운 병마가 온 세계를 덮쳐서 삽시간에 사람들의 목숨을 위협했다. 처음 알기로는 중국에서부터 시작된 바이러스가 급속도로 지구 전체로 퍼져나갔다. 일단 바이러스에 감염되면 거의 죽음으로 진행되었고 예방주사도 없어서 그 어떤 치료도 무력한 끔찍한 공포가 이 지구에 일어난 것이었다.

이곳 미국에서도 설마설마 하다가 엄청난 속도로 유행병이 덮쳐와 외출이 자제되고 65세 이상의 노인층은 면역성이 약해서 치명타를 입는다고 했다. 공공장소나 학교, 교회 등 사람들이 모이는 곳은 일체 문을 닫고 직장인들은 출근을 못 하고 집 안에서 일하게 되었다. 출입이 자제되어 마켓에서의 식품 구입도 어렵게 되었다.

미국 정부에서도 전문 분야의 의사들이 TV로 바이러스에 대비해야 하는 것과 증상이 있을 때의 자가 진단과 치료 방법, 지켜야 할 주의점 등의 정보를 수시로 알려주었다. 물론 나도 조심스레 주의하여 잘 따르고는 있지만, 외출이 규제된 것에는 좀 답답함을 느끼고 있다. 지금 거의 일주일째 외출을 못 하고 있었다. 답답해서 뒤뜰로 나갔다.

인간 세계는 난리가 났는데 아무 걱정 없는 듯 사과꽃과 자두꽃은 벌써 피었다가 푸른 콩알만 한 열매를 맺고 있었고, 오렌지나무들에서는 꽃망울을 보았는데 꽃을 활짝 피워 꽃향내가 온 뒤뜰에 가득했다. 상추와 쑥갓도 무럭무럭 잘 자라고 있었다. 인간들이 공포에 떨고 있어도 식물들은 무심히 저들끼리 잘 자라고 있는 모습에 죄 많은 인간으로 떨고 있는 나 자신이 부끄럽기까지 했다.

보통 유행성 감기나 다른 질병은 기후가 좋아지면 바이러스가 수그러들곤 했는데 이 고약한 코로나바이러스 팬데믹은 '이것, 또

한 지나가리라.'라는 말이 무색하게 점점 더 기승을 부리고 있다. 하루하루 많은 사람이 감염되어 죽고 정부에서도 속수무책 병원의 병실이 모자랄 정도로 환자들이 넘쳐난다는 정보만 보여줄 뿐 안타까울 따름이다. 하늘을 우러러 기도하고 싶지만, 신은 이미 한없이 오만한 우리를 버리신 것이 아닐까 두려워졌다.

우리 모두의 생명은 신이 주셨는데 서로 사랑하며 잘 사는 모습을 보여주기는커녕 신의 뜻을 외면하고 서로 싸우고 죽이고 있다. 강자는 약자를 부자는 가난한 사람들을 업신여기고 짓밟는 악이 만연해 가고 있는 이 세상을 내려다보시면서 인간에게 생명을 주신 것을 얼마나 통탄하고 계실까? 나 혼자 헤아려보게 된다.

일찍이 공자께서 "하늘에 죄를 지으면 빌 곳이 없게 된다."라고 하셨다. 이런 엄청난 공포 속에 고개만 푹 숙이고 처벌만 기다릴 수밖에 없게 된 것일까.

운명은 나의 것이기에 오늘 죽는다 해도 어찌할 수 없지만, 생명은 신의 것이기에 신께 떳떳하게 생명을 반납해야 하므로, 이 비상사태에 잘 적응하고 조심 또 조심해서 이겨내야 할 것을, 나 자신에게 더욱 다짐하는 또 하루를 보내게 된다.

Covid-19 팬데믹

나는 원래 TV를 보지 않는다. 주말에 스포츠 경기를 즐기는 정도만 시청할 뿐 정치 뉴스나 경제 뉴스, 신문은 보지 않은 지 오래다. 그러나 요즘 TV를 통해 Covid-19의 상황을 주의 깊게 봐야 하고 전문의사와 보건국 직원들의 주의, 경고를 잘 따라야 하므로 부득불 뉴스를 보게 된다. 어려운 의학 용어와 대통령의 브리핑 내용을 정확히 이해하기 위해 영한사전까지 동원하여 단어들을 찾아가며 보게 된다.

만약의 경우 어떻게 대처하고 어떤 비상약을 준비해야 하며, 외출 시에는 꼭 두꺼운 마스크를 써야 하고, 손을 꼼꼼히 잘 씻는 일이 최상이다. 비타민 C를 먹는 게 좋고 열이 있을 땐 타이레놀을 먹으라는 등이다.

그런데 어제저녁 뉴스에 웃지 못할 장면과 상황이 벌어진 것을 보고 놀람을 금치 못했다. 우리 인간들이 외출이 자제되고 집에서 칩거하는 생활이 이어지는 겨우 두어 달 동안에 자동차 매연이 줄어들어서 공기가 깨끗해졌고 맑고 푸른 하늘이 드러나고 대지에는 쓰레기더미도 없어진 청결한 거리가 되었다고 한다. 그런 거리를 산속의 짐승 몇 마리가 마을로 내려와 "왜 이리 거리가 조용하고 깨끗하지? 인간들은 다 어디로 갔지?"라는 듯 이곳저곳 조심스레 어정거리는 광경이 카메라에 포착되어 TV에서 방영해 주었다.

또 인간들이 함부로 버린 온갖 쓰레기로 몸살을 앓던 해변과 바닷물도 너무도 깨끗해졌고 이탈리아의 바닷속에 젤리 fish가 깨끗하고 조용해진 물속에서 유유히 헤엄쳐 노니는 모습도 선명하게 TV에서 볼 수 있었다.

사람들의 외출이 뜸해지면서 자동차 매연도 줄어들고 도시가 말끔하고 공기가 깨끗해질 수밖에….

단지 두어 달 동안에 이런 변화와 좋아진 환경에 대해서 우리 인간들 모두가 자각해야 할 심각성을 느껴야 할 것 같다. 겨우 두 달 만에….

참으로 우리 인간이 이 지구를 얼마나 엉망으로 만들어 놓았느냐는 것이다. 태초에 공해 없었고 아름다운 자연과 풍부한 자원과 깨끗했을 지구라는 별, 신께서 사랑하는 인간을 내려보내면서 계획하고 기대가 있었을 텐데, 눈치도 채지 못한 우리 인간은 자연을 누리며 마구 살아온 것이다. 그 죄책감에 다시 얼굴을 들고 하늘을 올려다볼 수 없을 거라는 생각을 하게 된다.

"오! 신이시여 부끄러워 고개를 들 수가 없습니다. 감히 우러러 기도는커녕 용서마저 빌 수가 없습니다. 신의 뜻대로 하옵소서! 그저 실컷 울고 싶습니다."

티베트의 승왕 달라이 라마 탠진갸초

1989년 노벨 평화상을 받은 것으로 온 세계에 널리 알려진 분이다. 그의 노벨 평화상 수상은 티베트가 겪고 있는 참담한 상황을 세계에 널리 알리는 기폭제가 되었다.

-『유배된 자유』 역자의 글 일부

얼마 전 달라이 라마 자서전 『유배된 자유』(심재룡 옮김)를 읽을 기회가 있었다. 그가 얼마나 위대한 지도자인지 또, 세계평화와 자유를 위해 투쟁하며 침략자로부터 죽음과 억압을 받는 티베트 국민과 함께 고통을 겪으며 온 생을 바친 그의 특별한 삶을 쓴 자서전을 읽고, 깊은 감명과 존경을 드려야만 했다.

그는 1935년 한 농부의 아들로 태어나 티베트 불교의 전통에 따라 아주 어린 나이에 선대 '달라이 라마'의 화신(化身)으로 인정받아 티베트의 14대 승왕이 되었다. 그가 겨우 열다섯의 나이인 1949년~1950년 중국이 티베트를 무력으로 침략했을 때 그는 10년 동안을 티베트 민족의 정신적 지도자이자 정치적 지도자로서 중국과 다시 평화적 관계를 수립하려고 애썼으나 실패했다. 결국 조국을 떠나 1959년 인도로 망명하지 않을 수 없었다. 그로부터 30여 년 동안 티베트의 자유와 평화를 티베트의 해방을 위해 곤고하고 참담한 삶을 살아왔다는 것을 알고는 그저 가슴이 멍해오고 슬펐다. 자서전 속에 그가 전하고자 하는 끝마무리에 그는 환경문제에 대해 신중히 이야기하고 있었다.

우리들이 지구를 돌보는 것은 그저 우리의 가정을 돌보는 것과 같다. 왜냐하면 우리 인간들은 자연에서 왔으며 자연에 대적할 이유가 전혀 없기 때문이다. 이것이 바로 환경은 종교나 도덕의 문제가 아니라는 것이다. 만약 우리가 자연의 균형을 파괴한다면, 우리 인간은 고통받게 될 것이다. 현재의 우리는 미래의 세대들도 생각해야만 한다.

깨끗한 환경은 다른 어떤 것들과 마찬가지로 인간이 향유 해야 할 권리이다. 따라서 우리가 후손들에게 물려 주는 세계가 우리가 그것을 물려받았을 때보다 더 건강하지 못하다 해도 그만큼 건강하게 유지시켜야 하는 것이 우리들의 책임이다.

인간은 어떤 의미에서는 지구의 자식들이다.
이제까지는 우리들의 어머니가 자식들의

행동을 잘 참아 왔지만, 최근에 와서는

그녀의 인내가 한계에 도달했다는 것을

보여주고 있다.

　-달라이 라마

　이해인 수녀님도 미래의 환경에 대한 글을 쓰셨고, 장영희 교수
의 "더 깨끗한 환경을 만들 수 없다고 해도 더 나쁜 환경을 물려
주지는 말아야 한다."라는 글을 읽은 적이 있다.

화선지에 수채 28×22″

아, 봄 그리고 오월

손에 손을 잡고

볼에 볼을 문지르고

의지한 채 체온을 길이 간직하고픈 것은

꽃 피는 봄을 기다리는 탓이리라.

　　　-신석정의 시 <봄을 기다리는 마음> 중에서

머문 듯 가는 것이 세월이라 했다.

사람들은 나이가 들수록 세월이 너무 빨리 간다고 한다.

세월은 계절을 동반하고 어김없는 리듬으로 가고 오고 있거늘,

늘어 가는 몸이 힘겨워 따라잡을 수 없음에 세월만 막 빨리 간다

고 한다.

봄에는 세월을 탓할 게 아니라 젊음을 되찾고 싶은 마음으로

심신을 단련시키고 열심히 세월과 발맞추어 힘찬 발걸음을 걸어야

겠다고 다짐해 본다.

캔버스도 좀 더 큰 것을 걸어놓고 오월에 피는 꽃들로 가득 채

워 놓으리라. 올봄이 나의 마지막 봄이 될지도 모른다는 굳은 마음으로 산과 들을 바라보면서 실로 내가 살아있다는 실감을 기쁨으로 충만케 하리라.

책과 더불어 음악을 들으며 고독 속에 끊임없이 내 그림에 열정을 쏟으며 열심히 살다가 오월이 가고, 초록이 제일 아름다운 유월의 들판에 엎드려 부질없이 늙어 버린 생이 서러워 실컷 울어 주리라. 결코 후회도 실망도 아닌 아름다운 내 영혼을 꼬옥 붙잡고 세상 끝까지…

신에게 도움을 청하고 싶어도
한 번도 신을 본 적이 없어
어떻게 말해야 할지 모르겠다고들 한다.
우리는 사랑을 통해 신에게 말할 수 있다.
행동으로 타인을 사랑하면
이는 신이 주는 도움이자 가장 큰 축복이다.
　　-잡기장에 필사해 둔 글 옮김

대재해를 맞다

코로나바이러스라는 대 유행병이 조금 수그러져 가고 있다니 마음이 좀 안정되고 있다.

이곳 캘리포니아 남쪽에서 북쪽까지 산불로 인해 청명해야 할 가을하늘이 온통 잿빛으로 덮이고 해가 가려져 보이지 않는 대재해를 또 만나게 되어 이루 말할 수 없이 마음이 아프다.

이곳의 여름은 뜨겁고 건조해서 해마다 산불이 연중행사처럼 일어나고 있다. 하지만 이처럼 대형 산불이 거의 두 주일이나 계속된 적은 옛날에도 지금에도 없는 걸로 안다. 내가 사는 마을은 산과 가까워 눈송이만 한 하얀 재가 계속 앞뜰, 뒤뜰을 뿌옇게 덮고 있다. 대기오염의 위험이 있으니 창문을 꼭 닫아야 한다는 TV에서 경고 방송을 하고 외출도 또 절제하라고 한다.

이래저래 우리 인간들은 또 몸살을 앓을 수밖에 없게 되었다. 이곳 서부지방에서는 산불이 기승을 부리고 미국 동부에는 태풍과 장마로 천지가 온통 물바다를 이루어 수천 명의 사람이 집을 잃고 있다. 왜? 지구 전체가 수난을 당해야 하는지 평생 처음 겪는 공포 속에 정신이 멍하다.

죄 많은 인간이 신이 주신 아름다운 산천을 잘 보호하기는커녕, 개발이다 뭐다 하면서 마구 강산을 뒤엎어 재해에 노출되면서 일어나는 현상을 감당하지 못하고 있다. 죄 없는 산짐승과 새 떼들이 떼죽음을 당했다는 뉴스를 접하고 가슴이 아파져 왔는데 TV 뉴스에 방영된 어린 꽃사슴 한 마리가 구사일생으로 불구덩이에서 헤어나와 마을로 휘청거리며 걸어오는 모습에 나는 앉은 자리에서 벌떡 일어나 소리치며 울었다.

"아이고 가여운 것이…."

곰 한 마리도 어슬렁거리는 모습이 방영되었다. 얼마나 배가 고플까?

우리 인간들이 너무나 많은 죄를 지어 대 유행병과 천재지변을 동시에 다 받고 있지만 순진하고 죄 없는 산짐승이 왜 삶의 터전을 잃고 먹이마저 불에 타서 굶주려야 하는지, 그들에게 미안해서 통곡마저도 할 수 없었다.

"신이시여, 많이 뉘우치고, 반성하며, 속죄합니다. 굽어보시면 안 되겠습니까. 죽어 가는 죄 없는 동물과 아름다운 산천을 위해 진심으로 용서를 빕니다."

이른 아침마다 집 앞길을 청소하는 건넛집 노인은 하늘을 올려다보며 "하느님이 잔뜩 노하셔서 인간들에게 벌을 주신다."라고 혼자 구시렁구시렁하며 그의 하느님께 (기독교인이다) 용서를 비는 것 같다.

"우리가 너무 나쁜 짓을 많이 해서 하느님이 벌을 주셨다."라고 동네 아줌마끼리 대화하는 소리도 들었다.

모두의 뉘우침이… 너무 늦은 것은 아닌가?

슬픔과 외로움은 인간을 늙게 만든다

햇빛이 밝고 따스한 창가에 앉아 감미로운 클래식 음악이 흐르는 내내 못다 읽은 문학전집을 읽거나 묻혀 사는 내 모습을 그려 보고 있다. 그런데 조금씩 조금씩 늙어가고 있음을 피부로 느끼게 되면서 조그마한 감정도 감당하기 어려워지고 정신까지 혼미해지는 것이다. 아무 생각도 아무 일도 할 의욕이 없을 때도 더러 생긴다. 겨울 하늘에는 흰 구름 한 점도 어른대지 않는다.

바깥 정경에 어느 곳 마음 주고받을 대상이 없고 황혼이 찾아와 벗하기엔 아직 긴 시간이 남아 있는 지루한 하루를 보내고 있으려니 문득 서글픔이 가슴을 무겁게 누른다. 이대로 무너져 가는 삶을 이어갈 바에는 차라리 생을 일찍 맞고 싶다는 생각에 이르고 보니 머릿속이 환해지면서 정신이 퍼뜩 들었다. 아직 내가 기다리는 사람이 있고 나를 강력하게 이끄는 영혼이 있는 한 추스르고 일어나야 한다.

좋은 그림을 그려야 한다는 강한 의지와 억장이 무너지는 슬픔의 고통은 벌써 겪었고 죽을 때까지 붙잡고 함께 할 서재에 꽂힌

책들 그리고 자연의 경이로움이 가슴 가득 피어 있는 한, 더 이상 신체의 나태함을 빌미로 흐느적거리는 부끄러움을 부끄러워해야 한다.

햇빛이 너무 밝아서, 바람이 너무 향기로워서, 낙엽이 흐드러지게 뒹굴고 있는 광경이 감당하기 어려워 하마터면 혼쭐까지 놓아 버릴 뻔한 오후 따끈한 차 한잔을 마시자.

가까스로 찾아오는 참 설움이 밤이 가기 전에 어둠 속에 꼭꼭 묻어두고 내일을 새로운 각오와 알찬 계획을 새롭게 세우고 힘차게 일어나야지, 가끔 영혼이 잠시 잠깐 방황하고 좌절감 내지 슬프고 우울해도 그래도 세상은 살 만한 곳이라고 그 누가 말하지 않았던가.

"아름다운 영혼이 나와 함께 하는 동안, 삶은 아름답습니다."라고 시인 도종환 님도 말하지 않았는가. 살되 한껏 살아야 한다. 눈물이 나노록 혼신을 다해 사는 내 삶에 잠시 잠깐 회의가 침범함은 어쩌지 못할 때가 있다.

인간이니까….

화선지에 수채 28×22″

8.

나에게 사랑이

내 친구

나에게 참으로 훌륭한 친구가 있다. 영원히 사랑하며 함께 살아갈 진실한 친구가 있다. 이토록 귀한 벗을 어느 생애 다시 만날 수 있으랴! 먼 길을 함께 할 벗이 있음은 얼마나 또한 고마운 일인가.

우리는 한동네(대구시 삼덕동)에서 태어나 걸음마를 시작하면서부터 함께 자란 친구이다. 서너 살이 되면서 지금처럼 자동차가 다니지 않았던 집 앞에서 동네 다른 아이들과 공기놀이도 하고 고무줄넘기도 하고 좀 커서는(7살~8살) 같은 초등학교에 입학하였고 손에 손잡고 학교도 같이 가며 잘도 자랐다. 주말에는 방천(꽤 큰 개천)에 가서 개헤엄 치며 물놀이도 하고 소꿉장난으로 하루를 보내며 집에 돌아오기도 했다.

초등학교, 고등학교까지 같이 다녔고 대학은 서울에서 각자 다른 학교에 다녔기 때문에 자주 만나지는 못했다.

방학이 되면 고향으로 돌아왔지만, 내 친구는 좀 떨어진 동네로 이사를 해서 우리는 가끔 명절 때에 내가 그 친구 집으로 놀러 가곤 했다. 그러다가 친구는 일찍 결혼해서 미국으로 떠났고 나도 조금 뒤 가족과 함께 LA에 이민하고부터 소식이 끊긴 채 여러 해가 지났다.

어느 날 참으로 뜻밖의 만남이 이루어졌다. LA에 있는 한인이 경영하는 ART 화랑에서 모국에서 온 어느 화가의 그림 전시회에서 그 친구도 같은 인연으로 참석한 자리에서 우린 극적으로 다시 만나게 된 것이다. 우린 소리치며 뛸 듯이 기뻐 껴안고 어쩔 줄 몰라 했고 한동안 진정되지 않아 눈물이 날 지경이었다.

이렇게 우리는 수십 년 만에 다시 만났고, 자초지종 이야기를 나누다 보니 더 놀라운 사실은 결혼하고 미국 동부에서 살다가 남편의 직장이 서부 LA에 있는 토랜스시에 오게 되었고 근 10년쯤 이곳에서 살았다는 것이다. 나는 처음부터 이곳 토랜스시에 정착하여 살고 있었다.

불과 자동차로 5분에서 10분 거리, 아주 가까운 곳에 살고 있었음에도 어떻게 우리는 한 번도 부딪친 적이 없었을까. 그 사실이 너무나 억울하고 아쉬워서 눈물이 날 지경이었다. 더러는 동네 마켓이나 음식점, 백화점에서도 우연히 만나게도 되었을 텐데.

어쨌든 그 후 우리는 매일 만나다시피 하였다. 아침 커피도 마시고 점심도 가끔 함께 먹으면서 잃었던 많은 그 세월을 따라잡기에 시간이 너무 부족한 듯 자주 만났다. 피를 나눈 나의 자매들도 미국 땅에 흩어져 살고 있는데 우리의 기막힌 인연은 놀랍게도 다시 이어져 어릴 적 우정을 다시 확인하며 천운으로 이어오고 있다.

또 놀라운 사실은 친구 남편과 내 생일이 같은 날이었다. 매년 생일 파티를 한 해도 거르지 않고 맛있는 음식을 먹으며 행복한 시간을 보내고 있다. 지금은 뜻한 바 있어 내가 산동네로 옮겨 왔지만 내가 보고 싶다면 친구는 남편과 함께 와서 좋은 시간을 보내고 어떨 땐 한 이틀 묵고 갈 때도 있다. 우리는 여전히 건강하니 끝 간데없는 영원한 우정을 함께 나누며 80년, 지금부터 90년도 함께 할 것을 희망해 본다. 우린 전화할 땐 어릴 적 부르던 이름을 부른다.

"박광자, 뭐하노?"

"오, 김정자! 지금 막 공원 산책하고 집으로 들어왔다."

"박광자, 놀러 와라. 친구야, 우리 영원하자."

늘, 혹은 때때로

보고 싶은 사람이 있다는 건

얼마나 즐거운 일인가 (중략)

아! 그러한 네가 있다는 건

얼마나 따사로운 나의 저녁노을인가

　　-조병화 <늘 혹은> 중 일부

나에게 사랑이

나에게 사랑이 찾아왔다

어이 할거나

아 나는 사랑을 가졌어라

    - 서정주

사랑한다고 꼭 그대를 내 곁에 두고 있어야 하는 것이 아니라는 것을 알게 되기까지, 그리움과 울음 범벅으로 지샌 수많은 밤들이 있었습니다. 한때 나에게도 사랑하는 사람이 있었습니다. 비록 그 사람이 꾀꼬리처럼 노래할 수도 없고 보고 싶다고 달려가 안길 수 없는 그냥 가슴속에만 품고 살아야 했지만….

그렇지만 그 사랑을 그리워하는 나날이 내겐 큰 위안과 행복을 안겨주고 있었다는 것을 가슴에 품고 있어도 행복하고 위로가 되는 그런 사랑이 내게 와서 참 좋다고 보물처럼 귀중했다고 말하리. 더더욱 사랑이 아름답고 영원할 수 있도록 기도했습니다. '마음속에 사랑을 간직하고 사는 것이 전혀 마음속에 사랑을 품지 않는 것 보다…'라는 어느 시인의 말로 위안을 삼으면서….

그래서 지루한 나날을 이겨 날 수 있었다고 그 사랑에 고맙고 감사하다고 말하리. 사랑한다고 해서 꼭 그를 곁에 두고 있어야 하는 것이 아니라는 것을 그때는 몰랐습니다. 더 이상 가슴에 묻고 있을 수 없어 쏟아지는 사랑 굳게 잠그고, 그대에게 오래전에 보내지 못한 편지를 썼습니다.

한에 대하여

　내가 산언덕 외딴집에 살고 싶은 이유의 하나는 가슴속 깊이 고인 눈물을 실컷 쏟아내고 싶은지도 모른다. 많은 눈물로 눈망울을 깨끗이 씻어내고 나면 맑아진 눈에 잃어버린 내 청춘이 다시 보일까.

　그럴까요?

　가슴 밑바닥까지 고인 눈물을 죄다 퍼내고 난 빈 가슴안에 다 색이 바랜 청춘의 흔적이라도 좋다. 청춘의 한 조각이라도 건질 수 있을까. 자취 없이 사라져 버린 내 청춘이 그 가슴 밑바닥에 한쪽 구석에 어쩜 도사리고 있을 것만 같아 빈 가슴 헤집고 들어가 퇴색된 청춘 한 조각이라도 찾아보고 싶다. 아직도 미련이 끈끈하게 묻어 있는 것들이 오늘따라 알밤 같은 내 청춘의 꿈에 쉬이 가 버린 것에 대한 울분이 아주 자주 내 가슴을 아프게 할 때가 참기 어렵다.

　하늘을 우러러 통곡하고 싶은 날….

내 생에 단 한 번 사랑

사랑, 내 의지와는 상관없이 어느 날
문득 손님처럼, 찾아오는 생의 귀중한
선물입니다.
－혜민 스님

사람들은 사는 동안 한 번은 푸른 계절이 있다고 한다.

나의 젊은 날은 청춘이라고 할 것도 없이 잠깐 사이 지나가 버렸고 한 남자와 결혼하였다. 그리고 그의 좌지우지로 석탄 포대 속 같은 캄캄한 부분에 갇혀 헤어나지 못하고 헐떡거리다가 나의 푸른 계절이 다 가고 말았다.

누구를 탓하랴. 나 스스로가 판 웅덩이 속에 한 발 잘못 디뎌 천 길 흙탕 속으로 빠졌고, 구사일생으로 헤쳐나오고 보니 생소한 세상에 넋을 잃고 방황하게 되었고 내 청춘은 온데간데없이 사라져 버렸다.

'될 인연은, 그렇게 힘들게 몸부림치지 않아도 이루어진다.' 혜민 스님의 말씀. 사랑은 또한 노력한다고 사랑하게 되는 것이 아니다. 사랑이라고 믿었던 그 시절의 혼돈이 내 청춘을 깡그리 뒤엎고서야 혜민 스님의 말씀이 내 귀에 들어왔다.

엉망진창이 되어 버린 마음속의 사랑이 다시 싹틀 수 있을까. 상처투성인 마음을 꼭 싸매고 살아온 긴 세월 동안 나는 갈수록 내 청춘이 그립고 아쉬워서 아름다운 사랑을 꼭 한번 하고 싶다는 욕망이 가슴속 깊이 자리하고 있었다. 밑거름이 잘된 곳에 아름다운 사랑이 싹틀 수 있게 마음을 향기롭게 잘 다스리고, 밝은 햇살과 맑은 공기를 들이쉬고 내보내며, 가슴을 활짝 열어 두었다.

내 생애 단 한 번의 사랑을 진정으로 기다리고 있다. 아름다운 사랑을 체험하고 비록 상처를 받는다 해도 그 상처마저 승화시키며 살아남을 준비가 되어있다고 말하리라.

'최고의 날들은 아직 살지 않은 날들…' 어디메쯤 오고 있을 내 사랑을 뜨거운 가슴으로 힘껏 껴안고 살고 싶다. 육체는 늙어도 영혼은 늙지 않고 영원하다니 때늦은 사랑이 내게 온다면 나는 그와 함께 생의 마지막 여행을 떠날 것이다.

바람 부는 언덕

천년을 두고 고대하며 살아온 '바람 부는 언덕'에 나 지금 내 생애, 얼마 남지 않은 날들과 함께 온갖 비바람 다 맞고 여기 올라와 있다. 여든의 언덕에….

낡고 빈 가슴 안고 사철 불어대는 바람이 잠시 머문 풀밭에 두 다리 뻗고 앉아 푸른 하늘을 올려다보며, 지난 세월의 회한을 담아 헤아려보며, 나 자신에게 하 많은 질문을 하고 있다.

어디까지 끌고 가야 할지 모를 인생을 끌고
그래도 꿈에도 그리던
바람 부는 언덕으로 오르고 싶어라.
　　　-김재진

나는 정말 잘 살아왔는가

-나는 정말 잘 살아왔는가?

-내가 추구하던 인생의 길로 바르게 걸어왔는가?

-나는 진실로 한 사람을 사랑한 적이 있었는가?

-마음을 다해 내 예술세계에 흠뻑 젖었던가?

-신께 내 인생을 반납하는 날, 최선을 다해 살았다고 말씀드릴 수 있을까?

-살아오면서 진 사랑의 빚은 다 갚고 가는가?

-나의 업은 얼마나 아직 남아 있을까?

진정으로 온 마음 다해 한 사람을 사랑하며 살고 싶다는 내 염원을 가슴 깊이 간직하고 있다고 말하리라. 가끔은 적막강산에 홀로 남겨진 것처럼 외롭고 슬플 때가 있었다고 고독을 사랑하며 살아오는 동안 서러움이 묵직하게 목줄기를 타고 올라올 때는 까닭 모를 눈물을 펑펑 울어버린 적이 한없이 많았다고 고백하고 싶다. 인간이니까.

사막도시에 살 때 나의 '최고의 손님'을 맞이했다는 것이 큰 보람이었다. 아무도 찾아온 사람 없고 이곳에 오고 싶다는 사람도 없었다.

사막의 날씨와 정반대로 이곳의 겨울은 세찬 바람과 낮은 기온으로 너무나 추워 꼼짝없이 방안에 갇혀 겨울을 나고 있다. 숨어 살기에 딱 좋은 이곳에서 나는 지금 많은 시간을 글을 읽고, 쓰기에 시간을 할애하고 있다. 그러는 한편 그림을 그리는 데 전력을 기울이고 있어 내 마음에 흡족한 작품이 많이 모여 나의 수필집에 최근 작품을 많이 넣어보았다.

내 머리 위에는 늘 푸른 하늘과 한없이 높고 넓은 허공이 나를 감싸주고 있다. 나는 이곳 산자락과 바람 부는 언덕에서 아직 못다 한 꿈을 펼치고 고독으로 길든 삶을 안고 조용하고 평화로운 나날을 보내고 있다.

"멀리 숨어 살면은 깊고도 아름다운 꿈을 꾸며 살 수 있다."라는 타고르의 말을 가슴 깊이 끌어안고서 또 신께 감사하면서….

아침이슬

어느새

사라지고 없네

끝까지 이 세상에 남을 자

인생의 길고 긴 여행

슬픔과 고통 외에

다를 것이 없어라

　　- 이뀨(일본의 선승)의 <아침이슬 사라지고 없네>

화선지에 수채 36×24″

책 끝에
—금아 피천득 선생님께 감사드리며

'수필은 마음의 산책이다.'라는 선생님 글을 읽고 크게 힘을 얻어 꾸준히 글을 써온 것이 이제 한 권의 책을 만들게 되었다. 책의 맨 첫 장에 들어갈 들국화 그림이 근 석 달 만에 끝이 났다. 최신 작품을 넣고 싶어서이다.

정성을 다한 그림이기에 다른 어느 작품보다 애착이 가고 마음에 흡족한 그림이라 생각된다. 뒷마당에 욕심껏 들여놓은 하늘까지 그려 넣어보았는데 푸른 하늘 아래 하얀 꽃들이 더 환하고 생기를 발하는 것 같아 여간 기쁘지 않다. 작업을 마무리하고 오랜만에 뒷마당으로 나왔다. 지금이 12월 중순인데도 햇살은 따뜻하고 바람마저 조용히 가라앉아 있다.

선생님 수필집을 한 번 더 읽고 싶어서 의자를 그늘에 끌어다 놓고 앉았다. 먼저 책장을 열고 군데군데 접어둔 페이지를 열어본다.

아무리 아름다운 여성도 청춘의 정기를 잃으면 시들어 버리는 것이어 더욱 행복하고 평안한 나날을 보낼 것 같습니다.

서울에 가게 되면 '금아피천득기념관'을 방문해 선생님께 문안드리겠습니다. 그리고 준비해 간 쇼팽 음악을 틀어 놓고, 선생님과 길들여온 고독을 함께 공유하며 오래, 오래 머물고 싶습니다.

좋은 말씀, 좋은 시를 주서서 정말 감사합니다.

2026년 4월

영지 김정자

타향에 핀 작은 들국화

타향에 핀
작은 들국화

김정자 에세이

타향에 핀
작은 들국화